Qât

Jean-Marc COSSET

Qât

les éditions de la neva

© 2016 , Jean-Marc Cosset
et les éditions de la neva

Editeur : les éditions de la neva
40, rue Madeleine Michelis
92200 Neuilly-sur-Seine
www.editionsdelaneva.com

Crédit couverture : 2016, Sébastien Cosset

Impression : BOD – Books on Demand, Allemagne

ISBN : 978-2-91683000-1

Dépôt légal : novembre 2016

A Brigitte,

1

Stefan souleva un pan de la vieille tapisserie qui servait tout à la fois de rideau et de volet à la fenêtre de sa chambre.

La pluie battait les carreaux.

Une large flaque commençait à s'étaler sur le carrelage gris. Stefan tassa du pied, sans y croire vraiment, le tas de chiffons trempés qu'il avait jeté là, la veille au soir, afin de tenter de colmater les fuites...

Il jeta un coup d'œil au plafond ; là encore, les choses ne s'arrangeaient pas... Les infiltrations y dessinaient de larges auréoles avec un joli dégradé de marron-jaune sale, et la peinture - du moins celle qui tenait encore - se limitait à quelques écailles qui avaient été blanches en des temps révolus.

Stefan songea qu'au moins cette humidité - le mot était faible - allait faire des heureux : les convoyeurs de qât !... Ces convoyeurs dont l'ennemi juré, depuis des siècles, était le dessèchement des précieuses petites feuilles vertes... Certes, les nouveaux sachets humidificateurs avaient un peu changé la donne, mais un peu seulement...

Il tenta de voir quelque chose à travers les gouttes qui dégoulinaient sur sa vitre : pas facile... Il faisait encore nuit noire, et l'éclairage de sa rue était réduit à quelques méchantes loupiotes anémiques. Il distingua des silhouettes encapuchonnées de noir qui se hâtaient sur les trottoirs. Rien dans la rue ; trop tôt pour les tramobus.

Il cracha dans sa poubelle la boule de qât qu'il avait gardée dans sa joue droite toute la nuit, et il se dirigea vers le réduit qui lui servait de salle de bain. Oh ! il ne se plaignait pas de l'exiguïté de ce placard recyclé ; il avait bien conscience de faire partie des privilégiés qui possédaient un semblant de salle d'eau. Moyennant quoi, ce matin-là, ladite salle d'eau ne méritait vraiment pas son nom, car, comme souvent, seul acceptait de couler du robinet un mince filet de liquide jaunâtre et poisseux. Stefan eut un méchant sourire devant le paradoxe de la situation ; la ville était noyée sous un véritable déluge et le ministère de l'Eau était incapable d'amener au robinet de quoi se laver les dents ! Mais il est vrai que la priorité devait être donnée à l'irrigation des champs de qât...

Stefan se dirigea vers le container qui récupérait, depuis sa partie personnelle du toit, l'eau de pluie, à travers un filtre plus qu'artisanal qu'il avait bricolé lui-même. Il ouvrit le petit robinet au bas du container en plastique vert, et fit couler dans une cuvette de quoi faire une toilette élémentaire.
Il s'habilla en regardant sa montre ; il ne fallait pas

qu'il traîne de trop. Les effets des alcaloïdes de son qât d'hier matin commençaient à se dissiper. Stefan avait deux ou trois fois fait l'expérience de la phase initiale du manque, et il ne souhaitait cela à personne : maux de tête à hurler, hallucinations cauchemardesques, pulsions suicidaires... Mais Hugo, son vendeur habituel, n'était qu'à trois minutes à pied, et son approvisionnement quotidien n'avait jamais été pris en défaut !

Stefan mit son ceinturon. Il sortit son revolver de son étui et vérifia le mécanisme. Il laissait toujours une balle dans le canon, mais bloquait soigneusement le cran de sûreté. Il s'était ruiné pour cette arme il y a deux mois. Il avait décidé d'abandonner le vieux pistolet qu'il traînait depuis dix ans quand un de ses collègues n'avait pu se défendre contre deux tireurs de qât, car son arme, un modèle ancien, s'était enrayée. Son collègue y avait laissé son qât... et la vie. Du coup, toute la paie du mois de Stefan était passée dans l'achat de ce revolver dernier cri, dont la fiabilité était garantie deux ans. On n'est jamais trop prudent.

Il sortit de son appartement et referma soigneusement les trois verrous de sûreté. Au bas de l'escalier, les deux mastodontes armés jusqu'aux dents qui gardaient la résidence avaient déjà leur boule de qât toute fraîche dans la joue :
« Bonne journée, Monsieur Kemansky ! »
Stefan leur fit un signe de la main et poussa la lourde grille de la porte d'entrée.

Il faillit buter sur le corps ; « le corps » était d'ailleurs bien l'expression qui convenait, car la tête avait explosé et ce qui en restait semblait se diluer sous la pluie diluvienne. Une vignette identificatrice, avec le logo de la police du qât et un numéro griffonné, était attachée au poignet droit.

Les agents de la police du qât ne faisaient pas dans le détail quand ils interceptaient un tireur de qât. Cela n'avait pas dû se passer il y avait bien longtemps, car habituellement les nettoyeurs ne mettaient pas plus de quelques minutes pour venir ramasser les cadavres.

Stefan n'avait d'ailleurs pas fait vingt mètres qu'il croisa le véhicule des nettoyeurs. Ceux-ci s'arrêtèrent dans un crissement de pneus, s'emparèrent du cadavre quasiment décapité et le balancèrent dans le broyeur installé à l'arrière de leur camion. Stefan n'aimait pas le bruit du broyeur, mais il savait bien que le broyat d'êtres humains constituait le meilleur des engrais pour le qât. Alors, il fallait bien savoir supporter quelques petits désagréments...

2

Stefan rabattit sur son front la capuche de sa houppelande noire censée être imperméable. La pluie n'avait pas cessé. Têtes baissées, comme Stefan, des centaines d'ombres noires fantomatiques pressaient le pas sur les trottoirs luisants.

Le premier tramobus du matin passa, toujours aussi déglingué et brinquebalant, dans un bruit évoquant irrésistiblement la chute d'une batterie de casseroles dans une arrière-cuisine de restaurant. Il était bondé, le tramobus, comme d'habitude. Des grappes de travailleurs étaient agglutinées sur les marchepieds extérieurs, au risque de chuter lourdement sur la chaussée et de se retrouver sous les roues des lourds camions blindés des convoyeurs de qât, lesquels daignaient rarement freiner pour si peu de chose.

A leur décharge, les convoyeurs savaient bien que le moindre ralentissement les mettaient en danger.

Alors... alors cela faisait du travail supplémentaire pour les nettoyeurs, toujours en maraude avec leur broyeur, au cas où...

Stefan arriva, trempé jusqu'aux os, devant la boutique d'Hugo. Il nota que le nombre de gardes armés devant le magasin grillagé avait été doublé. Il ne put s'empêcher de penser que si cela continuait, les boutiques de qât allaient être nettement mieux protégées que les banques de la capitale !

Il entra et se soumit au rituel : dépôt de son arme contre une contremarque jaune dûment numérotée, passage sous le portique de détection, fouille au corps systématique par un agent de sécurité qui sembla mettre plus de cœur à l'ouvrage qu'à l'accoutumée.

Il put enfin prendre sa place dans la file d'attente qui menait au comptoir où officiait Hugo et trois de ses employés. Il dut attendre vingt minutes... plus que d'habitude... Quand enfin vint son tour, il interpella le maître des lieux ;

— Eh , Hugo, c'est la grève du zèle, aujourd'hui, ou quoi ? Je vais finir par être en retard au boulot, moi !

Hugo, la cinquantaine placide et la carrure d'un ancien joueur de matchball, leva les yeux.

— Tu n'as pas entendu les infos, Stefan ?

— Non, je suis rentré tard et j'étais crevé ; j'étais de garde...

— Les convoyeurs menacent de se mettre en grève si l'on n'augmente pas leur salaire : du coup, il y a des clients qui ont pris peur et sont venus plus tôt que d'habitude, de peur du manque...

— En grève ? Encore ? Mais ils sont déjà payés dix fois plus que moi !

— Exact, mais toi, tu n'es qu'un pauvre toubib qui ne

rapporte pas grand-chose à la société, alors que les convoyeurs, s'ils s'arrêtent, tu imagines ?

Stefan vit rapidement passer devant ses yeux l'image de milliers de personnes en manque de qât, mettant la capitale à feu et à sang.

— Oui, tu as raison, mais jusqu'où vont-ils aller comme ça ?

— Toujours plus loin, toujours plus loin, Stefan, si tu veux mon avis !

Mais toi, tu ne pourrais pas en faire autant ?

— Moi ? Tu n'y penses pas ! Si je ferme, il y a cinq petits malins qui ouvriront une boutique de qât dans le secteur demain matin de bonne heure ! Je ne suis pas protégé par une Guilde comme celle des convoyeurs, moi ! Et n'oublie pas qu'elle a complètement infiltré le Parti, leur Guilde !

Stefan le savait bien ; le tout-puissant - et unique - Parti des républiques de l'Europe unie, le Parti du qât, avait fait la part belle à la Guilde des convoyeurs, et il n'hésitait d'ailleurs pas à utiliser sans le moindre scrupule les agents de la milice de la Guilde, nettement plus complaisants que l'officielle police du qât, quand il s'agissait de cas... difficiles...

— Bon, c'est pas tout ça, mais il y a des gens qui attendent, Stefan ! Alors : le sachet habituel ?

L'interpellé se secoua :

— Oui, le sachet... et puis tu me mets aussi une boîte de deux comprimés de Tramazine.

Le sourcil gauche d'Hugo, qu'il avait aussi noir que son épaisse tignasse jamais peignée, se souleva.

— Dis, Stefan, tu ne fais pas de bêtise ? Le qât avec la Tramazine, ça...

Stefan se força à rire ;

— Hugo ! Tu oublies que je suis toubib ?

— D'accord, mais fais attention quand même !

Stefan prit son sachet de qât du jour, sa boîte de Tramazine, et aligna les cinquante dolos pour le règlement du tout.

— Bonne journée, Hugo !

Le marchand fit un petit signe de la main et marmonna ;

— ... Fais attention quand même...

3

Stefan n'avait pas attendu de sortir de la boutique d'Hugo pour se mettre la boule de qât dans la joue droite.

Le jus des petites feuilles fraîches commença rapidement à faire son effet.

Stefan se mit progressivement à voir la rue sombre, glauque et dégoulinante sous un autre jour ; c'était comme si quelques rayons de soleil parvenaient à illuminer les gouttes de pluie, et le long défilé lugubre des silhouettes noires engoncées dans leur pèlerine lui semblait maintenant moins triste.

Il arriva presque guilleret à son hôpital. Il pensa qu'il avait une chance folle de pouvoir aller travailler à pied, depuis qu'il avait trouvé cette chambre en plein centre de la capitale ! Quand il pensait aux milliers de ses semblables contraints de passer des heures dans les tramobus, ou pire, de voyager dans les wagons hors d'âge de la Compagnie ferroviaire du Parti, dont les trains étaient chroniquement en panne et n'arrivaient à l'heure qu'une fois sur cent...

Il revint à l'esprit de Stefan que ses parents lui parlaient d'un autre moyen de transport qui avait existé jadis dans la capitale quand ils étaient jeunes : comment diable l'appelaient-ils, déjà ? Ah oui ; le « métro »... drôle de nom... Il n'en restait que quelques entrées murées ou solidement grillagées, et la rumeur publique colportait sous le manteau qu'il se passait des choses bien louches dans les galeries de ce système souterrain, et qu'il valait mieux ne pas s'y aventurer... En tout cas, tous ceux qui avaient essayé n'étaient jamais revenus pour le raconter...

L'hôpital central puait la crasse, l'urine et le désinfectant bon marché, mais Stefan y était habitué depuis si longtemps qu'il n'y portait plus la moindre attention, pas plus qu'aux graffitis obscènes qui décoraient tous les murs du sol au plafond.

Il se dirigea vers le vestiaire commun. Son armoire métallique personnelle, d'à peine trente centimètres de large, ne ressemblait plus à grand-chose, après avoir été forcée une bonne dizaine de fois. Stefan l'avait réparée comme il avait pu, et l'avait affublée du plus gros cadenas qu'il avait pu trouver à la Coopérative de l'hôpital. Mais il savait bien que cela n'arrêterait pas les malfrats, pas plus que l'affiche qu'il avait collée à l'entrée du vestiaire : « Attention ! Caméras de surveillance ! ». Tout le monde savait bien que les caméras empoussiérées accrochées au plafond ne fonctionnaient plus depuis la nuit des temps...

Stefan se débarrassa de sa pèlerine trempée et enfila sa blouse. Avant de refermer son cadenas, il prit soin de vider ses poches de tout ce qui pouvait avoir un semblant de valeur.

Et puis il se dirigea vers son secteur.

A quarante ans, il venait d'être nommé chef du Service de médecine de confort. Il aurait préféré une affectation plus prestigieuse, après douze années d'assistanat, mais on ne lui avait pas donné le choix... Il était donc responsable de cent soixante-quinze lits (plus vingt-cinq brancards) de malades en état terminal ou presque, et son rôle était de les aider à passer vers l'au-delà dans les conditions les moins mauvaise possibles. Pas facile... pas facile quand on n'a pas assez de personnel ; Stefan n'était aidé que par un jeune interne débutant, tétanisé par la tâche qui lui était confiée ; heureusement, il pouvait compter sur trois infirmières qu'il avait réussi à débaucher de son service précédent, et qui étaient en tout point remarquables. Pas facile non plus, ce boulot, quand on n'a pas de moyens ; les transfusions étaient depuis longtemps réservées aux cas considérés comme « guérissables », qui étaient rares, et surtout dans son secteur ; les médicaments disponibles se comptaient sur les doigts de la main : heureusement, il y avait le qât, la Tramazine et la morphine ! Avec ça, Stefan faisait des miracles, élaborant des « cocktails maison » qui lui avaient valu les bonnes grâces du directeur de l'hôpital, le puissant Professeur Martinon, dont on chuchotait dans les couloirs qu'il était au mieux avec certains membres influents du Parti...

Stefan croisa Blandine, l'une de ses trois infirmières ; il se dit une fois de plus qu'en des temps révolus, cette femme aurait été religieuse, ou « bonne sœur », comme on disait à l'époque. Il lui revint soudain que les « bonnes sœurs » faisaient vœu de chasteté et de célibat ; en l'occurrence, cela aurait été un sacré gâchis, car

Blandine, la trentaine, était l'une des plus belles femmes qu'il ait jamais rencontrées ; un port de reine, des yeux clairs, une longue chevelure châtain clair encadrant un visage de madone que ne parvenait pas à enlaidir l'éternelle boule de qât dans la joue droite... S'il n'y avait pas eu cette timidité maladive avec les femmes, qu'il traînait comme un boulet depuis l'adolescence... Et puis, au fond, elle était peut-être un peu maigre, Blandine... Les pensées de Stefan redevinrent subitement professionnelles ; c'est vrai, ça, elle est encore plus pâle que d'habitude, et son visage s'est comme émacié...

Stefan se dit qu'il fallait qu'il jette un coup d'œil au dossier médical personnel de Blandine, quand il aurait cinq minutes.

4

Stefan passait voir tous ses patients tous les jours.

Ce n'était pas le cas de la majorité de ses collègues, qui jugeaient qu'il était humainement impossible de voir correctement jusqu'à deux cents malades par jour.

Bien sûr, Stefan ne pouvait pas passer beaucoup de temps avec tous, mais à défaut de traitement efficace, il tentait au moins de montrer à chacun que l'on s'intéressait à lui.

Stefan avait toujours voulu faire ce boulot, aussi loin qu'il pouvait se souvenir.

Pourtant ce n'était pas un métier facile ni très gratifiant, et encore moins rentable.

Stefan souffrait des insuffisances de la médecine qu'on lui avait apprise ; il voulait soulager, ou même guérir, mais les connaissances dont il disposait et surtout les moyens mis à sa disposition ne lui permettaient que rarement d'être satisfait de ses résultats.

Pourtant on l'avait formaté dès sa première année de médecine : on l'avait formé au fatalisme ambiant ; « C'est le destin, on n'y peut rien... ». Quand même, s'il avait pu au moins disposer des médicaments nécessaires, et en suffisance !...

Au début de l'année, on allouait à Stefan un stock précis de médications, qui lui était délivré en fonction d'un rapport détaillé qu'il rendait en décembre et qui lui demandait un mois de travail (en dehors de ses heures de service, le soir à la veillée). Quand il récupérait cinquante pour cent de ce qu'il avait demandé, en s'étant pourtant imposé une gestion rigoureuse, il était plutôt content...

On lui livrait donc en janvier de quoi fonctionner « normalement » (pour la norme ambiante) environ six mois, et il savait qu'il n'y aurait pas de rallonge possible. Alors, il se débrouillait... L'outil principal de la grande pièce sombre qu'il devait partager avec son interne et ses infirmières était un immense tableau noir avec la liste des médicaments disponibles et le nombre précis de comprimés et d'ampoules restants, le tout tenu scrupuleusement à jour. Le « jeu » était de tenir avec ça jusqu'au 31 décembre !

Stefan prescrivait donc en essayant désespérément de discerner quels cas devaient être traités, et quels cas...ne le seraient pas.

En fin d'année, cela prenait le plus souvent l'allure de problèmes insurmontables, et en désespoir de cause, Stefan était allé plusieurs fois jusqu'à se transformer en cambrioleur de bas étage, profitant de sa blouse et de son badge pour aller dérober dans d'autres services les médicaments qui lui faisaient défaut.

Stefan entama la visite de sa seconde salle commune. Il rageait de devoir laisser ses malades mourants dans de telles conditions d'hospitalisation, mais l'institution ne disposait d'aucune chambre individuelle, et même pas de chambres à deux ou trois lits... Et encore, on lui avait fait remarquer qu'il n'avait pas à se plaindre, car le Service de pédiatrie alignait cent cinquante gamins plus ou moins hurlants dans un grand hangar mal chauffé, depuis que l'aile de pédiatrie de l'hôpital avait flambé une nuit comme une torche. Une bonne moitié des enfants et du personnel avait péri dans le brasier que les pompiers n'avaient pu éteindre, faute d'eau...

Stefan arriva devant le lit 35. Monsieur Varnier. En fait le docteur Varnier, et même le Professeur Varnier, qui avait été titulaire de la chaire de thérapeutique, bien des années auparavant. Stefan mettait toujours tous ses malades au même niveau, mais il avouait un faible pour ce très vieil homme distingué et émacié qui se mourait d'un cancer de prostate métastasé.

— Alors, ces douleurs, monsieur Varnier ?
— Votre cocktail qât-morphine est assez réussi, mon jeune collègue, peut-être un peu limite sur la durée...
— Je sais, il faudrait une réinjection de morphine vers vingt heures, mais...
— Mais vous n'en avez pas assez pour tout le monde, n'est-ce pas ? fit le vieil homme avec un faible sourire.
Stefan tournait et retournait la feuille de température ;
— Vous avez tout compris, mais je vais...
— Vous n'allez rien du tout, Stefan (depuis quelques semaines, le vieux Professeur avait choisi de l'appeler par son prénom) ; cela n'en vaut vraiment pas la peine ! Ah ! Avant que je n'oublie !

Le vieil homme se tourna vers sa table de nuit, mais le mouvement lui arracha un gémissement. Stefan se pencha ;

— Vous voulez quelque chose là-dedans ?

Le vieillard reprenait son souffle.

— Oui : ouvrez la porte. Bien. Il y a un paquet dans du papier kraft, avec une grosse ficelle. C'est pour vous. J'ai demandé à mon fils d'aller le prendre chez moi.

— C'est très gentil, mais je...

— J'ai apprécié la façon dont vous travaillez... « à l'ancienne », et dans des conditions infiniment plus difficiles que les nôtres.

Stefan dut laisser transparaître une mimique d'étonnement, car le vieil homme rajouta ;

— Vous comprendrez avec ce qu'il y a là-dedans. Et ne me remerciez surtout pas ! Ce... machin... risque de vous perturber. Mais je pense que vous le méritez. Ah oui ; ne montrez cela à personne ; c'est plus prudent.

Stefan triturait le paquet, qui pesait deux bons kilos, en se demandant s'il devait l'ouvrir ou non.

— Une dernière chose, Stefan ; promettez-moi de n'ouvrir ce paquet que quand je serai mort.

— Eh bien, ce n'est pas demain la veille !

— Là, il est fort possible que votre sens clinique soit en défaut, Stefan...

5

Stefan se rhabillait dans une quasi-obscurité ; l'une des deux ampoules électriques du vestiaire avait rendu l'âme et l'unique loupiote résiduelle n'offrait qu'une luminosité homéopathique...

Il entendit une grosse voix pester derrière son dos ;

— Bon, et bien si c'est comme la dernière fois, on va attendre trois mois avant qu'on vienne nous la changer, cette foutue lampe !

C'était Thomas Girard, le chef de l'Unité de pneumologie ; une bonne tête et une cinquantaine de kilos de plus que Stefan, dont la minceur constitutionnelle confinait à la maigreur.

Thomas essayait désespérément de retrouver ses affaires dans le fond obscur de son armoire métallique, laquelle était au moins aussi déglinguée que celle de Stefan.

Le dernier qui avait essayé de la forcer, l'armoire de Thomas, y était carrément allé à la pince coupante ! Par contre, il n'avait pas eu beaucoup de chance, le bonhomme, car Thomas et ses cent vingt kilos avaient déboulé à l'improviste, et ce qu'il avait livré à la police d'État, après avoir jugé le type coupable et s'être personnellement occupé de l'application de la sentence, était encore vaguement en vie mais pas très beau à voir...

Thomas achevait de passer un T-shirt à l'effigie des Warriors, son ancienne équipe de matchball.

- Ça va, Stefan ? dis donc, ça n'a pas l'air d'être la forme ?

- Suis crevé ; je viens de faire quatorze heures non-stop...

— La routine, quoi ! Peut-être que c'est ton qât qui n'est pas assez frais ?

— Non, c'est pas ça : le qât d'Hugo est l'un des meilleurs de la ville, mais...

— Mais tu as des problèmes de kayf ?

Stefan haussa les épaules sans répondre. C'était vrai que ces derniers temps, il avait du mal à atteindre son kayf habituel, cet état tout à la fois d'excitation et d'euphorie lié aux alcaloïdes du qât.

Thomas continuait ;

— Moi je te dis que c'est ton qât : change de fournisseur ! En tout cas, moi, ça va très bien, puisque tu ne me le demandes pas ! D'autant plus que ce soir, on a la retransmission du match des Warriors contre les Caballeros ! Tiens, au fait, tu fais quoi, ce soir ?

— Pas grand-chose ; je comptais me coucher pas trop tard...

Thomas éclata d'un grand rire et envoya dans le dos de Stefan une bourrade propre à lui déplacer trois vertèbres.

— Donc, tu viens avec moi ! On va se faire une bouffe chez Georges et regarder sa télé.

— Je croyais que tu en avais une chez toi, de télévision...

— J'avais un vieux machin d'occasion, mais il a implosé le mois dernier ; impressionnant ; heureusement je n'étais pas juste devant, sinon...

— Et tu n'en as pas racheté une ?

— Eh, tu as vu les prix ? En ce moment, je n'ai pas les moyens ; je ne travaille pas dans le qât, moi !

Ils sortirent. La pluie ne cessait toujours pas, et Stefan dérapa sur l'un des nombreux détritus non identifiables qui jonchaient le trottoir. Thomas le rattrapa au vol pour l'empêcher de s'affaler.

— Et en plus tu ne tiens pas debout !

Ils croisèrent une jeune femme qui poussait devant elle une demi-douzaine de jeunes enfants, dont le plus vieux ne devait pas dépasser cinq ans.

Thomas s'était retourné ;

— Tu as vu ? Elle est pas mal, la nénette ! Je la connais : elle travaille à la crèche de l'hôpital et elle va livrer les moutards à domicile le soir.

Stefan n'avait pas regardé la même chose ;

— Tu as vu ? Même le plus petit avait sa boule de qât.

— Normal, non ? tu as bien vu la série d'articles récents qui montre qu'il n'y a pas d'âge limite pour commencer !

— Oui, j'ai lu... n'empêche qu'il devait avoir dans les trois ans, le plus petit... je ne suis pas sûr qu'à cet âge...

Thomas leva l'index droit et déclama :

« Mais aux âmes bien nées, la valeur n'attend pas le nombre des années ! », comme disait mon professeur de littérature, mais le diable si je me souviens du type qui a écrit ça !

Ils arrivèrent chez Georges, toujours sous une pluie battante. La grande brasserie avait dû avoir du cachet... dans le temps... Il restait quand même des morceaux épars de décor style... Stefan fouilla dans sa mémoire ;

Art déco ? Art mélo ? Art nouveau ? Il ne savait plus.

L'endroit était propre. Cela changeait de l'hôpital. Georges ne rigolait pas avec la propreté ; c'était tout juste s'il ne fallait pas se déchausser avant d'entrer et prendre des patins. Par contre, le mobilier avouait son âge ; chaise bancales et grinçantes, banquettes affaissées voire effondrées, pieds de table rouillés... Mais on y mangeait plutôt bien, « chez Georges », malgré les difficultés d'approvisionnement, la clientèle était fidèle, et puis il y avait aussi une boutique de qât dans le fond, au cas où...

Stefan et Thomas s'installèrent à une petite table non loin du gros poste de télévision solidement accroché au plafond, dont le style (ou plutôt l'absence de style) jurait un peu à côté des vestiges Art... quelque chose.

Les clients arrivaient en masse et l'endroit fut bientôt plein à craquer. Thomas se retourna vers Stefan :

— Tu vois, on a bien fait d'arriver de bonne heure ! Comme c'est parti, il va y avoir un tas de gens debout !

— C'est important, ce match ? Stefan n'était pas vraiment un fan de matchball.

— Comment ça, c'est important ? Mais tu sors d'où ? Tu te réveilles d'une hibernation de trente ans, ou quoi ? Tout le monde ne parle que de ça ! Avec nos Warriors, on est en demi-finale de coupe du Monde ! Si ce soir on dégomme ces enculés de la république hispanique, on est en finale ! Et on va y aller, en finale, crois-moi ! On a la meilleure équipe : tiens ; tu connais Max Mercier, dit « Mad Max » ?

Stefan sentit qu'il devait tenter de se rattraper ; il ne connaissait pas du tout, mais répondit ;

— Ben... un peu...

Thomas s'esclaffa :

— Un peu ! Monsieur connaît « un peu » Max Mercier !

Il avait haussé la voix et s'étaient retourné vers les autres attablés pour les prendre à témoin : un grognement réprobateur monta de l'assistance.

Stefan fit un effort méritoire pour s'intégrer.

— Dis, si tu me rappelais un peu les règles ? J'ai toujours un peu de mal à suivre quand je regarde les matchs.

— Aaah ! Au moins tu regardes les matchs : le cas n'est pas désespéré !

Stefan se garda bien de préciser que les programmes ne lui laissaient pas beaucoup de choix : quand l'unique chaîne diffusait du matchball, ce qui était fréquent, il n'y avait pas pas grand-chose d'autre à faire que de regarder, à moins d'aller se coucher tôt, pour tous ceux qui comme Stefan vivaient seuls et ne pouvaient compenser par des activités... privées. Quant à sortir se promener le soir, ce n'était même pas la peine d'y penser : beaucoup trop dangereux !

Thomas reprenait :

— Je t'explique : le matchball est le fils spirituel de plusieurs sports qui l'ont historiquement précédé ; la pelota, ou jeu de balle des anciens Sud-Américains, le football, qui se jouait essentiellement au pied, le rugby, qui lui se jouait surtout à la main, et le football américain, qui, comme son nom ne l'indique pas, se jouait aussi à la main ...

Stefan levait les sourcils ;

— Dis, tu es incollable, là-dessus ?

Thomas se rengorgeait.

— Ça, tu l'as dit ! et puis j'ai donné, moi : comme tu me vois là, j'ai fait partie pendant trois ans de l'équipe 2 des Warriors !

Cela ne disait strictement rien à Stefan, mais il se crut

obligé d'émettre un sifflement admiratif, agrémenté d'un :

— Et bien mon vieux !

— Bon ; je continue : le matchball, c'est deux équipes de quinze joueurs, avec dix remplaçants de chaque côté. Un terrain de cent cinquante mètres de long pour soixante-dix de large. Deux cercles de fer d'un mètre de diamètre, placés verticalement à trois mètres de hauteur à chaque extrémité du terrain. Deux ballons en jeu en même temps. Le but, c'est de faire passer un maximum de ballons dans le cercle de l'adversaire.

— Avec les mains ?

— Avec les mains, les pieds, la tête, le zizi, tout ce que tu veux ; l'essentiel, c'est que le ballon passe dans le cercle !

— C'est tout ?

— Pas tout à fait : on peut arrêter celui qui porte le ballon par tous les moyens possibles, y compris... virils ! C'est pour ça que les joueurs portent cette espèce d'armure et des casques. Par contre, on ne peut pas frapper un joueur qui n'est pas en possession du ballon.

— Les chocs paraissent un peu...rudes, non ?

— Plus que rudes ! Il y a pas mal de blessés, et c'est pour ça qu'il y a tellement de remplaçants. On a même des morts tous les mois, sur le terrain et aussi dans les stades.

— Dans les stades ?

— Oui, à cause des bagarres entre supporters.

— Sympathique...

— Écoute, Stefan : regardons les choses en face.

Thomas était redevenu très sérieux. Il continua ;

— En fait, cette brutalité est un fantastique exutoire, non ? Quand je prends du recul, je me rends compte que ce jeu, c'est un extraordinaire moyen de contrôle des masses !

Quand les gens sont agglutinés devant les télés ou dans les stades, hypnotisés par le jeu, ils ne pensent pas... Ils ne pensent pas que leur vie pourrait être meilleure. Crois-moi : entre le kayf du qât et le match-ball, nos chers dirigeants ont tout compris pour tenir la populace sous contrôle. Dans le temps, on disait « Du pain et des jeux » ; je crois que c'était chez les anciens Romains. Aujourd'hui, c'est « Du qât et du matchball » ; c'est pareil.

Le match avait commencé. Une espèce de géant s'était emparé d'un ballon. Il perça comme un boulet de canon la ligne adverse, laissant trois joueurs sur le carreau. Il se retrouva devant les deux arrières qui lui barraient la route. Il envoya un coup de pied dans les parties génitales du premier, qui s'écroula en hurlant, et de sa main gauche libre, décocha un énorme direct dans la figure du second. La voie déblayée, il n'eut plus qu'à envoyer tranquillement le ballon dans le cercle adverse, au milieu des hurlements de la foule, relayés par les supporters des Warriors entassés « chez Georges ».
Thomas hurlait encore plus fort que les autres.
— Tu as vu ça ! C'est Max Mercier ! « Mad Max » !
Un bref mouvement de caméra vers les gradins du stade rendit compte d'une véritable bataille rangée à l'arme blanche dans les tribunes, entre les supporters des Warriors et des Caballeros.
Stefan se dit que, tout compte fait, il n'aimait pas beaucoup le matchball.

6

C'était le jour de congé de Stefan.

Normalement, il avait droit à une journée de repos tous les quinze jours, mais comme il avait les pires difficultés à trouver quelqu'un pour prendre en charge son service quand il n'était pas là, la réalité était plutôt d'un jour de congé toutes les trois ou quatre semaines...

Il se leva à peine plus tard que d'habitude, et passa chercher son qât chez Hugo. La pluie des derniers jours avait fait place à une fine bruine de micro-gouttes glacées qui vous transperçait presque autant que les hallebardes des jours passés.

Stefan mit sa boule de qât frais dans sa joue droite et sortit de sa poche sa boîte de Tramazine. Il regarda sa montre, pensant à la demi-heure qu'il fallait au comprimé pour atteindre son plein effet ; cela devrait aller... Il ne s'agissait pas de se tromper ; le rendez-vous était important !

Sa destination se trouvait à trois stations de tramo-bus, mais il avait le temps, et il décida d'y aller à pied.

Il resserra sa capuche et remonta le boulevard, en tentant d'éviter les immondices sur le trottoir. Il sentit doucement venir l'effet des petites feuilles fraîches de qât et de la Tramazine. La pluie fine cessa progressive-ment. Le boulevard s'éclaira ; quelques rayons de soleil transpercèrent les nuages, faisant danser de fines pous-sières dorées. Les bâtiments tristes, sales et grisâtres faisaient place à des immeubles de pierre beige, ornés de balcons fleuris de géraniums rouges. La circulation était moins dense, moins fébrile ; les gens marchaient plus lentement, et se saluaient en souriant. Vraiment, c'est autre chose, ici, pensa Stefan.

Il arriva devant l'immeuble d'Amandine. Son cœur s'accéléra. Il regarda à nouveau sa montre : il était dans les temps. Il tapa le double code de sécurité, salua le cerbère armé qui le reconnut et le fit entrer avec un grand sourire :
— Bienvenue, Monsieur Kemansky !

Stefan se retint pour ne pas monter les trois étages quatre à quatre. Son cœur battait pourtant la chamade quand il frappa à la porte de la manière convenue : deux coups courts ; toc.toc, puis trois coups longs ; toc-toc-toc, puis de nouveau deux coups courts ; toc.toc. Le si-lence qui suivit lui parut interminable, et puis il entendit un pas...*son* pas... Amandine ouvrit.

Comme d'habitude, Stefan sentit quelque chose se dé-crocher dans sa poitrine. Elle était là, toujours aussi superbe, dans une petite robe rouge que le soleil, illumi-nant la fenêtre derrière elle au bout du couloir, rendait un peu transparente, laissant deviner - oh ! à peine, mais suffisamment pour imaginer des choses...- des formes à faire se damner un saint.

Amandine sourit ; ses longs cheveux blonds descendaient en larges boucles de chaque côté de son visage. La boule de qât déformait à peine sa joue droite.

— Tu entres, Stefan, ou tu restes là ?

Stefan entra sans pouvoir émettre quelque chose d'audible. Elle lui prit la main.

— Cela fait longtemps, Stefan ; au moins trois semaines....

— Je... je travaillais...

— Oui, je sais ; mais tu pourrais quand même passer me voir un peu plus souvent, non ?

Stefan se racla la gorge. L'idée lui passa par la tête de se jeter sur elle et de lui arracher la petite robe rouge.

Amandine l'entraînait dans l'appartement. Il était somptueux, l'appartement d'Amandine, et impressionnant de clarté. Le soleil semblait pénétrer en même temps par toutes les grandes baies vitrées, rendant presque aveuglants les grands murs blancs. Quelques tableaux aux couleurs éclatantes apportaient une touche de modernité et de bon goût.

Ils étaient arrivés dans la chambre. Amandine se retourna vers Stefan :

— Et bien, puisque tu en meurs d'envie, enlève-la moi !

Stefan en resta coi : comment avait-elle pu lire dans ses pensées ?

Amandine lui offrait son dos : doucement, tout doucement, il fit glisser la fermeture éclair ; la robe rouge tomba au sol. Amandine ne portait dessous qu'une petite culotte blanche.

Stefan tendit la main mais la jeune femme s'esquiva en riant.

— Attends un peu ! tu es trop pressé !

— Mais je peux au moins...

— Pas tout de suite !

Amandine était passée de l'autre côté du lit. L'air mutin, penchée en avant, les deux mains posées sur le lit, elle lui faisait face.

— Tu m'attrapes ?

Stefan, cramoisi, se précipita pour faire le tour du lit, mais la jeune femme avait lestement sauté dessus pour se retrouver de l'autre côté. Stefan fit brutalement demi-tour, se prit les pieds dans la carpette et s'étala de tout son long. Amandine était pliée de rire.

— Reste comme ça ! C'est plus pratique pour te déshabiller !

Elle défit la ceinture de Stefan et fit glisser son pantalon. Étalé sur le tapis, Stefan se demandait s'il devait rire ou se vexer.

— Voilà ; tu peux te relever ; maintenant...

Amandine l'attira contre lui. Il la caressa doucement, longuement. De nouveau ses mains se posèrent sur la petite culotte blanche.

— Maintenant, tu peux...

Ils s'allongèrent sur le lit et tournèrent et se retournèrent, dans des jeux qui ne faisaient qu'amplifier, si c'était encore possible, le désir de Stefan.

Amandine cherchait son souffle ;

— Viens ...

Il la pénétra doucement, très doucement, faisant un effort titanesque pour se retenir, pour attendre qu'elle prenne son plaisir... plusieurs fois...

Alors, Amandine, haletante, lui chuchota ;

— Toi, maintenant...

Il ne se passa pas cinq secondes qu'un orgasme géant ne raidisse le corps de Stefan, qui tomba ensuite dans une sorte de coma.

Quand il revint à lui, Amandine lui caressait la tête.
— Il faut que tu y ailles, tu sais...
Stefan se secoua ; combien de temps ? Il jeta un coup d'œil à sa montre : cela allait... Mais il commençait à sentir s'estomper les effets de la Tramazine.
Il se rhabilla. Amandine avait remis la petite culotte blanche, pas la robe.
Elle le raccompagna à la porte. Dans le couloir, Stefan fouilla dans sa poche et lui tendit cinquante dolos.
— Merci, Stefan. Elle l'embrassa chastement sur la joue ; reviens vite !

Stefan descendit les escaliers. Il se retrouva sur le trottoir. Le soleil brillait moins dehors. La pluie fine était revenue. Le ciel s'assombrit. Il accéléra le pas. Un tramobus bondé passa. Les passants ne le regardaient plus.

Il rentra chez lui, se déshabilla, se jeta sur son lit et s'endormit comme une masse.

La vieille femme aux cheveux gris rangea les cinquante dolos. Elle retourna dans la chambre et refit rapidement le lit, jetant dessus un plaid rapiécé. Se retournant, elle contempla l'image que lui renvoyait le miroir piqué. Il avait raison, Norbert, son mac, quand il lui disait que ses seins ressemblaient à des gants de toilette mouillés...

Elle renfila sa robe, en se demandant combien de temps encore les effets conjugués du qât et de la

Tramazine allaient pouvoir continuer à transformer son gourbi en palais et elle-même en créature de rêve.

On frappait. Elle alla ouvrir au client suivant.

7

Le réfectoire était bondé. Cela sentait le graillon, le qât et la sueur.

Stefan, son plateau en mains, cherchait vainement un siège.

Thomas, du bout de la salle, faisait avec ses grands bras de larges moulinets pour attirer son attention.

— Stefan ! Viens par ici : il y a une place !

Stefan était assez content de retrouver son collègue. Il le fut nettement moins quand il s'aperçut que la place libre en face de Thomas (Ce n'était peut-être pas un hasard) se situait juste à côté de Walter Al-Saddam...

Al-Saddam était le sous-directeur de l'hôpital. Il était surtout l'âme damnée du Professeur Martinon, une sorte d'exécuteur des basses œuvres. Il ne cachait pas son appartenance aux Pasdarans de la République, cette milice à peine secrète chargée d'espionner son entourage, tant professionnel que familial. Toute dénonciation par un Pasdaran signifiait l'arrivée aux aurores, chez le présumé coupable, d'une équipe spéciale de la police d'État, et la disparition pure et simple du « dénoncé ». Les cas où l'on avait retrouvé ne serait-ce qu'un morceau de cadavre se comptaient sur les doigts de la main.

Al-Saddam, un mètre quatre-vingt-dix et soixante-deux kilos, ressemblait à un spectre blafard et sinistre. Stefan, une fois de plus, ne put s'empêcher de penser que le bonhomme avait vraiment la tête de l'emploi. Il s'assit à contrecœur à côté du sous-directeur, le saluant d'un signe de tête, que l'autre lui rendit a minima.

Thomas, lui, restait toujours aussi jovial.
— Bon appétit, Stefan ! Il va t'en falloir pour avaler cette infâme tambouille !

Effectivement, l'espèce de purée liquide où flottaient de rares morceaux de viande en provenance d'un animal difficile à identifier, n'était pas des plus ragoûtante.

Thomas continuait ;
— Par les barbes du Christ et de Mahomet, d'où est-ce qu'on nous sort cette abomination ?
Al-Saddam leva la tête et sortit de son silence ;
— Docteur Girard, on ne peut demander à des condamnés de droit commun des qualités d'agriculteurs de haut niveau...

Stefan savait bien qu'il n'y avait plus dans le pays plus aucun homme libre pour cultiver fruits ou légumes ou pour élever de la volaille ou du bétail. Tous avaient abandonné, et ce depuis des lustres, ces activités au profit de la culture du qât, infiniment plus rentable ! Le qât génétiquement modifié avait pu sortir des montagnes yéménites pour venir s'installer dans les plaines d'Europe de l'Ouest. Le seul bémol était la nécessité d'enrichissement régulier des sols, d'où l'importance du broyat !

— Quand même, on pourrait les former, ces types, relançait Thomas sans trop y croire ; et puis c'est qui, ces condamnés, des résistants ?

Stefan faillit s'étrangler avec sa cuillerée de purée. Le terme de « résistant » était banni du langage officiel, et Thomas devait bien le savoir !

— D'abord, Docteur Girard, reprit le spectre grisâtre, on ne parle pas de « résistants » : ce sont eux qui s'affublent de ce qualificatif ridicule. En fait, ce ne sont que de simples terroristes, qui ne cherchent que la destruction des fondements de notre civilisation depuis le Grand Tournant ! Et puis, outre que le travail aux champs serait une peine bien trop douce pour eux ; il est évident qu'il serait trop risqué pour la société de les laisser en vie !
Stefan intervint doucement :
— Alors, on les supprime... tous ?
Al-Saddam tourna vers lui un regard froid ;
— Tous... et toutes. Vous croyez vraiment que l'on a le choix ?
Thomas reprenait :
— Oui, on connaît vos techniques : d'ailleurs, il faut dire que vous nous faîtes une sacrée concurrence, à nous les fanatiques de matchball !
Al-Saddam levait les sourcils.
— Je ne comprends pas...
Thomas agitait ses grands bras ;
— Mais si ! vous nous piquez tout notre public ! il n'y a plus personne dans nos stades quand vous organisez vos séances d'exécutions publiques !

Stefan s'intercala ;

— Moi, je n'y suis jamais allé : il y a du monde pour aller voir ça ?

— Du monde ? Tu rigoles, Stefan : c'est la cohue ! Et puis, c'est de plus en plus sophistiqué ! Au début, il ne s'agissait que de simples pendaisons, avec la cagoule noire classique sur la tête du condamné. Puis les choses se sont améliorées : d'abord on a enlevé la cagoule, pour que le public puisse mieux voir. Et puis, un jour, le bourreau s'est trompé sur la longueur de corde, trop longue, pour un condamné de cent vingt kilos. Quand la trappe s'est ouverte, le type est tombé comme une pierre et au bout de la corde, le corps a continué sans la tête qui est restée vaguement accrochée... Ce jour-là, ça a été le délire ! Du coup, ce qui avait été une erreur de réglage est devenu systématique.

Al-Saddam semblait savourer les descriptions :

— Il s'agit de faire des exemples, et il faut donc que le maximum de personnes vienne assister au sort que nous réservons aux terroristes...

Thomas reprenait.

— Mais les choses ont encore changé ; depuis deux ans, les condamnés sont livrés aux broyeurs. On les attache par les mains, tout nus ou toutes nues, et on les descend tout doucement dans le broyeur : succès assuré ! Il faut dire que le spectacle dure plus longtemps qu'une pendaison : il parait même qu'il y en a qui restent en vie jusqu'à mi-corps !

Al-Saddam eut un affreux rictus censé figurer un sourire :

— Eh oui, il y a des résistants... « résistants »...

Stefan faillit vomir sa purée...

8

Eugénie était restée la dernière de son équipe dans la salle du réfectoire de l'hôpital. Elle finissait de nettoyer les tables. Alberto, son chef direct, sortait de son placard-bureau, qu'il ferma soigneusement à double tour.

— Bon, c'est pas tout ça, faut que je rentre tôt, ce soir ; il y a matchball à la télé ! Tu fermes bien tout avant de partir ?

Eugénie leva la tête ;

— Pas de problème, bonne soirée, Alberto.

Eugénie fit le tour des deux grandes salles du réfectoire et des petites salles annexes pour s'assurer que tout le monde était bien parti. La précaution paraissait superflue, car il n'y avait plus âme qui vive, à cette heure tardive, dans cette partie de l'hôpital ; mais Eugénie restait prudente ; elle savait ce qu'elle risquait si jamais elle se faisait prendre...

Elle sortit son trousseau de clé et ouvrit la porte blindée de la réserve. Elle entra dans la grande pièce où s'entassaient les nourritures non périssables et sur laquelle s'ouvraient les chambres froides. Elle dédaigna celles-ci ; les surgelés, c'était trop compliqué à ramener, et trop risqué... Elle se dirigea vers une palette à moitié entamée où s'entassaient des boîtes de conserve de thon à l'huile. Elle en prit deux, en prenant soin de ne pas trop déranger l'ordonnancement de la pile des boîtes restantes. Deux seulement, cela devrait passer inaperçu, comme d'habitude, d'autant que les décomptes d'Alberto ne brillaient ni par leur régularité ni par leur rigueur.

En fait, Eugénie rageait intérieurement de devoir se livrer à ces menus larcins, mais elle avait à la maison deux bouches à nourrir, et son misérable salaire de technicienne de nettoyage, même complétée par la pension que lui avait laissé son défunt mari, ne suffisait guère à les rassasier, les deux bouches en question.

Il y avait d'abord Rainer, tout juste dix-huit ans, qui tentait d'intégrer l'École d'agronomie du qât, sans grand espoir du fait de son manque total de « piston ». Eugénie avait conçu Rainer hors mariage lors d'une passade sans lendemain, mais elle avait tenu à garder l'enfant, contre l'avis de sa famille et de tout son entourage. Elle ne le regrettait pas. Rainer était devenu un bel adolescent aux lourdes boucles brunes, et qui adorait sa mère. Et puis il y avait Massoud, huit ans, né de son union, officielle cette fois-ci, avec Medhi. Ses plus belles années : Medhi était tendre et prévenant et gagnait bien sa vie comme convoyeur de qât. Enfin, ceci jusqu'à ce qu'une attaque de résistants pulvérise le camion blindé qu'il conduisait... La Guilde des convoyeurs lui payait la pension habituelle dans ce cas ; le douzième du salaire de Medhi... pas de quoi faire des folies !

Eugénie enveloppa dans un morceau de journal les deux boîtes de thon et les cacha au fond de son cabas. Elle referma soigneusement la réserve, puis le réfectoire. Elle passa à son vestiaire pour récupérer sa houppelande noire, et sortit sous la pluie qui n'avait pas cessé depuis le matin.

Le tramobus se fit attendre. Et le premier qui se présenta était tellement bondé qu'elle ne put monter dedans. Elle pensa un moment rentrer chez elle à pied, mais la pluie ne cessait pas, et elle savait qu'elle en aurait pour plus d'une heure et demie à rejoindre sa banlieue.

Elle réussit à se frayer une place dans le second tramobus. Cramponnée à une barre, elle laissa son esprit vagabonder. Elle pensa au livre qu'elle était en train de dévorer avec un mélange de crainte et de délectation.

Quinze jours plus tôt, elle avait cherché à faire de la place dans sa minuscule soupente-grenier, qui ne dépassait pas un mètre vingt de hauteur et qui était encombré de cartons et de boîtes que Medhi avait ramenés de sa maison familiale quand ses parents étaient décédés accidentellement. Tout au fond, elle avait découvert une vieille malle. Le cadenas rouillé, qu'elle n'avait jamais remarqué auparavant, ne résista pas très longtemps. A l'ouverture, Eugénie découvrit des livres, des tas de livres... Mais pas les livres auxquels elle était habituée depuis sa jeunesse ; ces livres imprimés sur du mauvais papier jaunâtre et ne comprenant que du texte, le plus souvent soporifique, ou au mieux quelques vagues schémas ou dessins. Non, ici, dans la vieille malle poussiéreuse, s'entassaient de grands livres à la couverture et aux pages glacées, débordant de photographies aux couleurs somptueuses. Eugénie n'avait jamais rien vu de pareil. Après avoir examiné quelques-uns des ouvrages, elle en déduisit qu'il s'agissait de sortes de « guides » destinés à l'époque à explorer des pays lointains, des pays devenus à présent inaccessibles...

Elle prit un ouvrage au hasard, qui parlait du Pérou, et elle referma soigneusement la malle. Dans la semaine qui suivit, elle hésita sur la décision à prendre. Un rapide coup d'œil aux dates de publication lui avait bien vite fait comprendre que tous ces livres étaient antérieurs au Grand Tournant et au grand autodafé qui l'avait suivi. A ce moment, des tonnes et des tonnes de livres véhiculant des idées subversives anti-démocratiques et contraires à la politique du nouveau régime avaient été jetés au feu. Quelques rares intellectuels rétrogrades avaient intrigué pour tenter de sauver des flammes purificatrices certains ouvrages littéraires et scientifiques, mais ils avaient été rapidement remis sur le droit chemin, c'est-à-dire qu'ils avaient rejoint les livres dans les brasiers.

S'il en était encore besoin, le régime avait concocté plusieurs lois qui prévoyaient de lourdes peines pour ceux qui tenteraient de conserver, et a fortiori de diffuser, des ouvrages publiés antérieurement au grand autodafé. Et pourtant, on chuchotait, quand on était bien sûr qu'aucun Pasdaran de la République ne se trouvait à portée de voix même basse, que certains avaient soigneusement caché des livres interdits. Une section spéciale de Pasdarans avait même été créée pour la recherche de ces ouvrages, leur destruction et la punition des inconscients qui persistaient à vouloir enfreindre la loi. Medhi et sa famille avaient dû faire partie de ces inconscients et ils n'avaient jamais parlé à Eugénie de la vieille malle. Dans ces conditions, la première réaction d'Eugénie avait été d'alerter les Pasdarans pour qu'ils viennent chercher manu militari la malle pour brûler son contenu. Mais ce fut la curiosité qui l'emporta. Après tout, ces livres se trouvaient là sans avoir été repérés depuis des lustres ;

alors, quelques semaines de plus ou de moins... Cela lui donnait le temps de jeter un coup d'œil, ou même un peu plus, aux superbes ouvrages qu'elle avait aperçus dans la malle. Il serait toujours temps d'avertir les Pasdarans...

Elle avait commencé à lire le livre sur le Pérou, qui ne quittait pas sa table de chevet. Les généralités du début lui donnèrent du fil à retordre. L'auteur semblait faire comme si tout le monde ou presque était capable de se rendre dans ce pays du bout du monde ! Il semblait même considérer le voyage aérien comme une banalité ! Mais dans quel monde vivait-il ? Elle crut au début qu'il s'agissait d'un ouvrage de fiction plus ou moins fantastique, mais le côté « technique » de l'écriture ne cadrait pas avec un roman... Eugénie finit par en conclure que dans un passé pas si lointain, (l'âge des livres de la malle), n'importe qui, ou presque, pouvait prendre un avion pour se rendre à peu près n'importe où sur la planète ! Pourtant, cela semblait bien difficile à croire ! Aujourd'hui, seuls les officiels de très haut rang, et bien entendu l'armée, disposaient d'appareils volants capables de tels voyages. Pour ces longs trajets, quand il pouvait se les payer, le commun des mortels n'avait accès qu'aux trains, hors d'âge et aux horaires approximatifs, et aux camiobus entassant en vrac marchandises et voyageurs dans des conditions de confort et de sécurité effroyables, sans compter les difficultés d'approvisionnement en qât pendant ces déplacements ! Quant aux voitures particulières, elles étaient elles aussi réservées à l'élite des Dirigeants de la Nation et aux militaires. On les voyait parfois passer, avec leur escorte de policiers motocyclistes...

46

Et puis, une autre chose avait frappé Eugénie en feuilletant rapidement plusieurs livres de la vieille malle ; nulle part il n'était fait mention du qât !

Dans le livre sur le Pérou qu'elle était en train d'achever, on trouvait quelque chose un peu similaire; il y était dit que les habitants des sommets des Andes, pour lutter contre les malaises de la haute altitude, mâchaient régulièrement des feuilles de... de... elle ne se souvenait plus bien ; Coca ? cola ? Mais dans les autres livres qu'elle avait feuilletés et qui présentaient en détail d'autres pays, pas la moindre mention du qât ; comment diable un pays pouvait-il survivre sans qât ? C'était impensable ! C'était comme si ses habitants pouvaient survivre sans manger et sans boire...

Elle en était là de ses interrogations quand le tramobus s'arrêta à la station. Elle descendit, rajusta son capuchon, serra contre elle son précieux cabas et parcourut sous la pluie battante les cinq cents mètres qui la séparaient de son minuscule appartement. Elle tapa le double code de sécurité de la double porte, salua d'un hochement de tête le gardien armé, et monta à pied jusqu'à son sixième étage. Le vieil ascenseur n'avait depuis des années qu'une fonction purement décorative. Elle mit la clé dans la serrure et se rendit compte que celle-ci n'était pas fermée. Elle se dit qu'il allait lui falloir gronder Rainer pour un tel oubli, et poussa la porte. Trois Pasdarans l'attendaient.

Deux étaient assis à la table de la pièce à tout faire qui servait de salon, de salle à manger et de chambre à Rainer. Le troisième était debout, derrière Rainer, qui tenait devant lui son petit frère en larmes...

Eugénie crut comprendre.

— Attendez ! Je vais tout rendre ! Je vais tout vous rendre tout de suite ! Je n'ai pas pris grand-chose, vous savez, et c'était juste pour faire manger les garçons !

Eugénie fouilla fébrilement dans le fond de son cabas et sortit les deux boîtes de thon, qu'elle déballa du papier journal et qu'elle posa sur la table.

Le Pasdaran qui paraissait le chef regarda les boîtes avec une moue de dégoût ;

— C'est quoi ça ?

Eugénie réalisa que les Pasdarans n'étaient pas là pour ses vols à la réserve du réfectoire.

— Mais, alors pourquoi... pourquoi êtes-vous là ?

Le Pasdaran-chef brandit le livre sur le Pérou, qu'il avait jusque là caché derrière son dos :

— Pour ça ! Et ne faites pas l'étonnée ; pour couronner le tout, on a trouvé une malle pleine à craquer de livres interdits dans votre grenier !

Eugénie balbutia :

— Mais, comment vous...

— Comment avons-nous appris que vous possédiez tous ces ouvrages interdits ? demandez à votre fils !

Eugénie ouvrit de grands yeux et se tourna vers ses enfants, qui n'avaient pas bougé ; elle croisa le regard de Rainer, qui secoua la tête dans un mouvement de dénégation, en serrant les dents. Elle regarda Massoud. Le petit garçon était toujours en larmes ;

— Pardon, Maman, pardon, je savais pas ! Il était si beau ton livre, alors je l'avais emmené à l'école pour le montrer à mon professeur...

Eugénie comprit en un éclair ; le professeur l'avait bien sûr dénoncée ; les Pasdarans avaient forcé sa porte et avaient trouvé la malle...

Le Pasdaran-chef se tourna vers ses collègues :

— Bien, vous me la menottez et on l'emmène.

Le Pasdaran qui se tenait derrière les enfants intervint ;

— Et les gamins ? qu'est-ce qu'on fait des gamins ?

— Le grand est majeur ; il va récupérer la pension du père. Cela lui suffit pour le faire vivre avec son frère ; on les laisse là.

Massoud tenta de courir vers sa mère ; le Pasdaran-chef l'arrêta d'un geste ;

— Ça suffit, le mioche ; toi, le grand, tu t'occupes de ton frère !

Rainer récupéra son frère, hébété, qui ne pensait même plus à pleurer.

Les Pasdarans claquèrent la porte.

Massoud se tourna vers Rainer ;

— Qu'est-ce qu'ils vont faire à Maman ?

Rainer connaissait les lois. Qui ne les connaissait pas ? Il ne répondit pas.

Quand le gardien de la prison ouvrit le soir la porte du cachot pour apporter le repas, il retrouva Eugénie pendue aux barreaux de sa cellule.

9

La mémé Blanchard avait toujours peur qu'on ne lui amène pas à l'heure son qât du jour. Pourtant, Blandine et ses collègues étaient toujours d'une ponctualité exemplaire dans la distribution du qât quotidien des malades.

Mais la vieille dame, avec l'entêtement buté de ses quatre-vingt-huit ans, venait régulièrement, bien avant l'heure dite, chercher son dû au poste de soins. Le problème c'est qu'elle n'était plus bien valide, la mémé Blanchard, et ce matin-là, elle s'était étalée de tout son long dans le couloir, heurtant de la tête une chaise métallique qui n'avait rien à faire là, et s'ouvrant copieusement le cuir chevelu. Par chance, elle ne s'était rien cassé... La particularité des plaies du cuir chevelu, c'est d'être en règle peu douloureuses, mais de saigner abondamment. C'est donc une espèce de spectre blanchâtre dégoulinant de sang que Blandine et sa collègue Émilie virent arriver avec effarement à leur poste de soin.

Épongeant et comprimant comme elles le pouvaient la plaie béante, elles appelèrent Stefan... Ce dernier respecta les procédures, à savoir appeler l'interne de garde en chirurgie. Sans surprise, il s'entendit répondre, qu'étant donné le nombre de malades qui attendaient aux urgences, et les interventions en retard à effectuer, il ne fallait pas compter sur le passage d'un interne en chirurgie avant le lendemain soir... au mieux ! Philosophe, Stefan décida donc de recoudre lui-même la mémé sans attendre la disponibilité hypothétique d'un collègue chirurgien. Après tout, pour ce genre d'intervention, il ne ferait pas plus mal ; il était passé dans plusieurs services de chirurgie au cours de sa formation et était considéré comme plutôt adroit de ses mains. Il envoya Blandine chercher une boîte de suture aux urgences et se mit en devoir de recoudre le cuir chevelu de la vieille dame, laquelle répétait à l'envi que ce n'était vraiment pas la peine et qu'il n'y avait qu'à « la laisser comme ça »...

La plaie faisait bien dix centimètres de long et la mémé gigotait sur sa chaise en pestant maintenant contre le qât qui « n'était plus ce qu'il était » !

Stefan demanda à Blandine de tenir la tête de la mémé gigoteuse et c'est à ce moment que son œil de médecin repéra la boule au dessus de la clavicule droite de la jeune femme. Il termina non sans mal sa suture et se tourna vers Blandine.

— Cela fait longtemps que tu as ça ?

Stefan, comme tous ses collègues, tutoyait ses infirmières, mais la différence avec ses collègues, c'est qu'il demandait en retour à ses infirmières de faire de même, ce qui n'était pas toujours évident pour elles. Blandine, qui travaillait pourtant avec Stefan depuis cinq années, en était au stade où elle hésitait encore entre le vouvoiement et tutoiement.

— ça quoi ?

— La... la boule, au dessus de ta clavicule ; on dirait un ganglion.

— Oh ça ? Je ne sais pas...

— Tu ne sais pas ?

— Non, pas exactement ; peut-être quelques semaines. Mais ça ne me fait pas mal.

Stefan s'était approché de la jeune femme :

— Tu permets ?

Il palpa la région ; sous ses doigts, il sentit distinctement un ganglion ferme de trois centimètres de diamètre qui n'avait rien à faire à cet endroit. Il palpa le cou de Blandine des deux côtés. A droite, au-dessus de la boule suspecte, il retrouva un chapelet d'autres ganglions plus petits, et aussi la même chose à gauche.

Son instinct de toubib le poussait à examiner la jeune femme plus complètement, mais il n'osa pas. Il demanda malgré tout :

— Tu n'as pas maigri, ces derniers temps ?

— Peut-être un peu, je ne me pèse jamais, vous... tu sais...

— Et tu as de la fièvre ?

Là, Blandine rit franchement :

— C'est pareil, je ne prends jamais ma température !...

Elle redevint plus sérieuse.

— ... Parfois, j'ai un peu chaud le soir...

— Tu as des sueurs la nuit ?

Le sourire de Blandine disparut complètement ;

— Ça oui, beaucoup, depuis un mois... Vous pensez à quoi ?

— Je pense que tu vas aller illico presto te faire faire une radio des poumons, et Émilie va te faire une prise de sang. Je vais faire ma visite, et je veux tous les résultats en sortant de la salle Un !

Le ton de Stefan n'avait pas laissé place à la discussion. Fort heureusement, si les thérapeutiques n'étaient pas le fort de la médecine de l'Hôpital central, les examens étaient effectués relativement vite et bien.

En sortant de la visite de la salle Un, c'est-à-dire quand même trois heures plus tard, Stefan récupéra les premiers résultats de Blandine. La numération formule sanguine était un peu perturbée, la vitesse de sédimentation très augmentée à soixante-dix à la première heure, et la radio des poumons montrait de façon indiscutable des ganglions pathologiques au dessus du cœur, de chaque côté de la trachée.

Stefan retrouvait ses automatismes, mis à mal comme à l'accoutumée quand il s'agissait d'établir un diagnostic, et a fortiori de traiter, quelqu'un que l'on connaît bien. Il traîna Blandine dans le service de cytopathologie. Le collègue qui officiait là avait fait toutes ses études avec Stefan ; on pouvait difficilement trouver quelqu'un de plus gentil que Pierre Lavidire, qui avait toujours l'air de s'excuser quand il diagnostiquait sous son microscope, sur les pièces anatomiques qu'on lui apportait, des maladies graves voire incurables...

Stefan lui montra Blandine, qui l'avait suivi sans un mot.

— Pierre : tu me mets une aiguille dans le ganglion

sus-claviculaire droit de cette superbe créature, tu me colores ça tout de suite et tu me dis ce que c'est !

— Le fin quadragénaire à lunettes eut un petit sourire :

— Eh, Stefan, comment tu y vas ! Il vaudrait pas mieux le biopsier, l'enlever, ce ganglion ?

— On verra ça après, si besoin. Mais moi je veux savoir rapidement ce qu'il a dans le ventre, et pour ça le plus rapide, c'est bien ta ponction, non ?

— Oui et non ; oui, si j'arrive à mettre un nom sur ce que je vois, et non si je n'y arrive pas, ce qui est quand même fréquent.

— Pierre, tu te sous-estimes !

— Non, je connais mes limites, et aussi les limites de ma technique, c'est tout.

— Dis donc, au lieu de pérorer, si on passait à l'action ?

Pierre prépara une fine aiguille et une seringue, désinfecta la région et piqua en plein dans le nodule sus-claviculaire de Blandine. Il aspira un peu de « suc » ganglionnaire, qu'il étala soigneusement sur plusieurs lamelles de verre.

— Bon, la coloration va prendre quelques minutes...

Blandine se retourna vers Stefan.

— Je peux retourner dans le service ? Émilie ne va pas y arriver toute seule.

Stefan n'hésita qu'un court instant.

— Tu as raison, vas-y. Je te tiens au courant.

Blandine repartit vers l'autre aile de l'hôpital où se trouvait son service.

Stefan, lui, s'impatientait.

— C'est prêt pour la lecture, maintenant ?

Pierre ne se laissa pas impressionner.

— Une minute ! Une technicienne lui apportait les lames colorées... Voilà ! Il glissa les lames sous son microscope.

— Et Merde !

— Quoi, Merde ? Stefan s'était approché.

— Regarde toi-même.

Pierre s'était décalé pour que Stefan puisse regarder dans l'objectif du microscope.

Stefan n'était pas anatomo-pathologiste, mais il était capable de comprendre ce qu'il voyait. Il se retourna vers Pierre :

— On dirait des cellules de Sternberg !

— Ce sont des cellules de Sternberg, une véritable purée de cellules de Sternberg ! Ton infirmière, elle a un Hodgkin plutôt méchant, si tu veux mon avis. Tu ne veux pas en parler à Christophe ?

Christophe Ferman était le patron du Service d'hématologie de l'Hôpital central ; une sorte de colosse barbu un peu plus vieux que Stefan. Plutôt grande gueule, mais remarquable clinicien, il passait son temps à pester contre le manque de moyens de l'hôpital. Il faut dire qu'avec ce dont il disposait, les guérisons des leucémies et des lymphomes (ces cancers des ganglions dont faisait partie la maladie de Hodgkin) était plutôt rarissimes...

Stefan força un Christophe de fort méchante humeur à interrompre sa sacro-sainte visite. Stefan lui montra les résultats de Blandine et les conclusions de Pierre.

— Pas terrible... Ta nénette, elle a une mauvaise maladie de Hodgkin : mais tu n'avais pas besoin de moi pour le savoir. Probablement un type 3, à cellularité mixte, voire même un type 4, et probablement à un stade d'extension III ou IV ; elle a des ganglions sous-diaphragmatiques, une grosse rate ?

— Ça, je n'ai pas regardé...

Christophe ouvrit de grands yeux ;

— Tu ne l'as pas examinée complètement ? Toi ? Qu'est-ce qui t'arrive ?

— Attends ; tu sais bien que c'est un peu difficile de demander à une jeune femme de se déshabiller comme ça quand on travaille avec elle depuis cinq ans, et qu'on la connaît bien.

— Sauf quand on la connaît très très bien, fit Christophe avec un clin d'œil. Bon, allez, je te comprends ; mais maintenant, tu vas me la foutre à poil et me faire un examen complet, non d'un globule ! Si tu veux que je te dises comment on va pouvoir la traiter, il faut quand même que j'ai quelques biscuits ! Et puis, tu prévois aussi une biopsie du ganglion sus-claviculaire ; il faut qu'on soit sûr de notre coup, et seule la biopsie peut nous confirmer formellement le Hodgkin !

— Oui, je sais, mais la ponction de Pierre ne laisse pas beaucoup d'espoir que cela puisse être autre chose...

— Et puis, je pense à une dernière chose ; quand tu l'examineras, ta nénette...

— Ce n'est pas « ma » nénette !

— Bon, quand tu l'examineras, ta... ta malade, n'oublie pas la sphère oto-rhino. Les localisations de la bouche et de la gorge sont plus rares chez le Hodgkin que pour les lymphomes non hodgkiniens, mais il vaut mieux quand même être prudent !

Stefan regagna son service. Il réalisa que la maladie de Blandine le touchait plus que cela n'aurait dû. Après tout, il était toubib et il devrait être blindé, habitué, caparaçonné contre ce genre de réactions sentimentalistes... Alors ? parce qu'il commençait à subodorer à partir des éléments déjà en sa possession qu'il allait se trouver devant une affection « incurable » ? Il se secoua. Il était en retard ; d'abord faire la visite de la salle Deux ; après, on verrait...

En sortant de la salle Deux, Stefan appela Blandine.

— Les... résultats ne sont pas très bons. Et je me suis fait engueuler par Christophe parce que je ne t'avais pas examinée correctement. On va dans la petite salle de consultation ?

Ils pénétrèrent dans la pièce et Stefan referma la porte à clé pour ne pas être dérangé. Blandine enleva sa blouse et se retourna vers Stefan d'un air interrogateur.

— Tu peux garder tes sous-vêtements...

Blandine s'allongea sur la table d'examen ; Stefan réussit à faire abstraction du fait qu'elle était vraiment très belle, mais c'était une abstraction partielle... Il retrouva les ganglions du cou qu'il avait déjà palpé et il en retrouva d'autres dans les aisselles, et ils étaient manifestement eux aussi augmentés de volume. Le foie paraissait normal, mais la rate était franchement grosse, débordant le rebord des côtes. Et puis, examinant délicatement les régions inguinales, il retrouva deux gros ganglions dans l'aine droite.

Du coup, cela devenait au minimum un stade d'extension III, avec des ganglions au-dessus et en dessous du diaphragme. Et le bilan allait peut-être montrer une atteinte de la moelle osseuse, qui en ferait alors un stade IV, le plus grave.

Blandine s'était assise sur le bord de la table d'examen. Elle hasarda :

— Il y en a aussi en bas, non ?

— Oui, quelques-uns..., répondit un Stefan pas très à l'aise.

— Et la rate, elle est grosse, non ?

— Oui...

— C'est un lymphome non hodgkinien ?

Stefan sursauta, puis se souvint que Blandine avait brillamment passé ses diplômes d'infirmière; le genre de fille qui aurait facilement pu réussir des études de médecine.

— Non, cela semble plutôt être une maladie de Hodgkin...

— Pas beaucoup mieux...

— Un peu quand même !

La dernière réflexion de Christophe lui revint à l'esprit ;

— Attends ! J'ai oublié d'examiner ta bouche et tes amygdales !

À ce moment, Blandine eut curieusement l'air gêné, ce qui surprit Stefan, elle qui n'avait pourtant pas manifesté la moindre gêne pour se retrouver en soutien-gorge et en petite culotte !

Stefan lui tendit un « haricot », cette coupelle métallique à la forme caractéristique de... haricot.

— Tu craches dedans ta boule de qât ? Tu la reprendras après...

Blandine pris le haricot et se tourna pour y cracher sa boule de qât.

Elle ouvrit grand la bouche, que Stefan explora minutieusement avec une lampe frontale et un abaisse-langue.

— Bon, de ce côté, rien à signaler !

Blandine eut un petit sourire triste.

— C'est au moins ça ...

Elle se tourna vers le haricot posé sur le petit meuble métallique, mais Stefan, dans un élan de galanterie plus ou moins consciente, fut plus rapide. Il commença à lui tendre le haricot, mais suspendit son mouvement à mi-chemin.

— Mais c'est quoi, ça ?

Il leva les yeux ; Blandine était livide, la mâchoire serrée.

Stefan regarda de nouveau la petite boule de feuilles vertes dans le haricot.

— Mais ce n'est pas du qât !

Il regarda à nouveau Blandine, blême et, qui n'avait pas desserré les dents. Stefan continuait à monologuer ;

— Ce n'est pas du qât... Je ne sais pas ce que c'est, mais ce n'est pas du qât ; tu peux vivre sans qât ?

Il eut brutalement une illumination ;

— Par tous les Dieux, mais alors, tu es... tu es... une résis...

Blandine posa son index sur ses lèvres, et tourna un regard inquiet vers la porte. Elle chuchota ;

— Tu vas me dénoncer ?

Stefan mit deux secondes à comprendre.

— Te... te dénoncer ? non... Bien sûr que non... mais pourquoi ?... pourquoi ?...

— Je t'expliquerai...

Cela commençait à faire beaucoup pour Stefan.

— Oui... il faudra m'expliquer.

Il se sentait très fatigué...

10

Le Professeur Varnier s'arrêta un instant sous le porche monumental de l'Hôpital central. Les pavés du trottoir étaient encore humides, mais la pluie avait enfin cessé. Les nuages bas commençaient à s'étirer pour laisser passer quelques rayons de soleil.

Le vieil homme se demandait encore comment ce diable de Stefan avait pu réussir un tel exploit : il n'y avait encore que quelques heures, il n'était qu'un vieillard grabataire à l'agonie, ne pouvant esquisser un geste sans grimacer de douleur. Et à présent, il était là, debout, ne souffrant plus, prêt à profiter au maximum de la permission que venait de lui accorder Stefan pour l'après-midi.

Pour ce faire, il avait dû ressortir des vêtements qu'il n'avait pas portés depuis son hospitalisation huit mois auparavant ; manifestement, il avait maigri, car il flottait dans son pantalon et sa veste paraissait surdimensionnée, sans parler du col de chemise qui baillait lamentablement. Il s'avança sur le trottoir, hésitant un peu sur le chemin à prendre. Il se décida finalement à marcher vers le fleuve, et se dirigea vers le nord. Le soleil était maintenant revenu et illuminait la pierre beige des immeubles haussmanniens. Les gens se débarrassaient progressivement de leurs pèlerines noires. Des groupes de cyclistes aux survêtements colorés faisaient leur apparition. Une marchande ambulante lui proposa un bouquet de fleurs, que le vieux professeur refusa d'un geste avec un sourire.

Il ne s'était jamais senti aussi bien depuis des années... Il atteignit le fleuve.

Une foule bigarrée se pressait sur les quais, comme au temps de sa jeunesse. Il s'étonna de retrouver des bouquinistes ; leur aurait-on redonné leurs autorisations depuis son hospitalisation ? Ces spécialistes des livres anciens avaient vu leurs fonds de commerce partir en fumée (et ce n'était pas une image) au moment du grand autodafé, quasiment aucun de leurs ouvrages n'ayant trouvé grâce aux yeux du Comité Central de Sélection, le redoutable CCS ! Et là, il retrouvait les bouquinistes d'antan et, comme par miracle, ces derniers proposaient au vu et au su de tout le monde des ouvrages d'histoire, de philosophie... Par tous les Dieux, le gouvernement aurait donc viré sa cuti et fait marche arrière ? Il remonta la rive gauche et au détour d'une rue, une autre surprise l'attendait. La vieille tour de fer qui avait été l'emblème de la cité, et qui avait été décapitée de ses deux tiers supérieurs lors d'un attentat vingt ans auparavant, avait été reconstruite. Elle dressait à nouveau fièrement ses trois cent vingt mètres de dentelle métallique au dessus des immeubles. Il pensa un moment monter à son sommet. Certes, les ascenseurs ne fonctionnaient plus depuis longtemps, mais il se sentait suffisamment bien pour monter à pied les escaliers jusqu'au troisième et dernier étage de la tour.

Mais il se ravisa. Cela prendrait trop de temps, et la tentation était trop forte de voir ce qu'était devenu le reste de la capitale.

Il passa le pont qui faisait face à la tour et s'arrêta un instant pour s'accouder à la balustrade. Là aussi, les choses avaient changé ; depuis des années, il ne voyait circuler sur le fleuve que péniches de commerce lourdement chargées et vedettes de la police. Là, comme dans ses souvenirs d'enfant, de grands bateaux blancs promenaient des hordes de visiteurs bruyants et hilares.

Il remonta le cours du fleuve en suivant sa rive droite. L'immense palais-musée qui jouxtait le grand fleuve n'avait pas changé, sauf que la présence militaire habituelle à ses alentours avait disparu. Il se demanda si on avait été jusqu'à rouvrir le Musée, fermé à tout visiteur depuis le Grand Tournant.

Il se souvint l'avoir visité, ce musée, quand il était tout jeune, avec ses parents. En fait, pour parler franc, il ne se souvenait que d'une chose : la fantastique statue ailée sans tête et sans bras, somptueusement drapée et dressée contre le vent sur une proue de navire antique, tout en haut d'un escalier monumental. Mais cette statue, comme quasiment toutes les œuvres d'un musée, avait été déclarée décadente, rétrograde et politiquement incorrecte par le CCS, et donc justement soustraite aux yeux de la population.

Il poursuivait. Il se sentait de plus en plus léger et n'avait presque plus l'impression de marcher. Il retrouvait cette extraordinaire impression de lévitation qu'il avait souvent expérimenté dans ses rêves, quand il se déplaçait en flottant dans les airs à deux ou trois mètres du sol...

Il arriva à l'Île et eut de nouveau le souffle coupé. L'Île avait été depuis des temps immémoriaux le cœur de la cité-capitale. Là se dressait toujours la grande mosca-thédrale construite huit ou neuf siècles plus tôt. Mais depuis le Grand Tournant, l'Île était devenue le domaine réservé des Dirigeants, et ce monde à part, vivant quasiment en autarcie, s'était entouré de murs d'acier de cinquante mètres de hauteur. Ces murailles étaient hérissées de miradors tous équipés du dernier modèle de mitrailleuse automatique à double repérage (infrarouge et mouvement), ne laissant aucune chance à quiconque s'approchait à moins de vingt mètres. Dans ce bunker géant vivaient les membres du gouvernement et tous les Dirigeants de la Nation, ainsi que leur famille. Une sorte de ville dans la ville, ravitaillée par les airs, avec en particulier plusieurs arrivées quotidiennes de qât de la meilleure qualité, véhiculé par les hélicosta-tionneurs, ces gros appareils qui ressemblaient à des libellules géantes.

Il était très mal venu d'essayer de se renseigner sur les conditions de vie à l'intérieur de l'Île, mais le peuple avait accepté de bonne grâce que ses Dirigeants puissent jouir de certains privilèges ou avantages, avantages que l'on subodorait plus qu'on ne les connaissait... Après tout, tant que les Dirigeants garantissaient un approvisionnement régulier en qât...

Le Professeur Varnier était si habitué aux murailles d'acier de l'Île qu'il en avait oublié à quoi l'Île ressemblait « avant »... Et là, il la redécouvrait, l'Île de sa jeunesse, débarrassée de sa carapace de métal et de ses miradors, superbe dans le télescopage de ses divers styles architecturaux, avec ses fenêtres renvoyant le reflet du soleil qui commençait à plonger vers l'ouest.

De même que les murailles étaient tombées, les ponts qui menaient à l'Île, habituellement sévèrement gardés, garnis de chicanes et pullulant de soldats, avaient été libérés. Le vieil homme découvrait avec stupéfaction que les gens se rendaient à pied sur l'Île sans la moindre restriction ni contrainte ! Il suivit la foule en pressant le pas, et se retrouva devant la grande moscathédrale, qu'il n'avait pu contempler d'aussi près depuis des années.

Les portes de l'édifice bireligieux étaient grandes ouvertes. Depuis le parvis, on pouvait entendre une pièce d'orgue... La Toccata et Fugue en ré mineur de Jean-Sébastien Bach, jugée non conforme à la Loi aussi bien que décadente, et de ce fait interdite depuis le Grand Tournant...

Le Professeur Varnier entra. Maintenant il ne marchait plus. Il glissait doucement à deux mètres au-dessus du sol. Il remonta lentement l'allée centrale, savourant les harmonies de Bach. Les travées étaient bondées. Et puis, couvrant l'orgue, il entendit s'élever comme une mélopée : tout le monde, à l'unisson, répétaient une sorte de chant joyeux. Il ne comprenait pas bien... Cela se terminait par... « si »... Il tendit l'oreille et comprit enfin ; tous ces gens, de tous âges, hommes et femmes, entassés, assis, debout, sous les voûtes de l'énorme édifice, répétaient en chantant : « Merci... merci... merci... »

Il s'arrêta, toujours flottant au-dessus de la foule. Il regarda mieux. Là, au bout du rang, cette vieille dame, qui le regardait dans les yeux avec un grand sourire... Oui, il se souvenait maintenant, elle avait eu un cancer de l'utérus, et il l'avait opérée et guérie... il y avait longtemps... Et maintenant elle était là, répétant à l'envi comme les autres « Merci... merci... merci... ». Il tourna son regard ; ce grand costaud, là-bas, il se souvenait maintenant ; il s'appelait Michel ; il l'avait guéri d'une hémorragie gastrique qui aurait pu être fatale. Et ce bébé, que lui tendait une jeune maman tout sourire ; il l'avait sauvé d'une torsion intestinale. Et cette jeune fille, là-bas, son nom lui revint ; Sandra... elle avait une leucémie ; elle avait guéri. Et ce jeune homme blond au visage d'archange, et puis ce petit métis, là-bas...

Tous ces gens, tous ces visages, maintenant il les reconnaissait ; c'étaient, rassemblés ici, sous les voûtes de la cathédrale-mosquée, tous les malades qu'il avait guéris au cours de sa longue vie de médecin. Et maintenant ils étaient tous là, dans l'immense nef, et la joyeuse mélopée ne cessait pas : « Merci... merci... merci... ».

Une larme perla aux paupières du vieux Professeur.

Le soleil se fit tout à coup plus lumineux à travers la grande rosace. Quelque chose semblait l'attirer là-haut. Il s'éleva sans effort jusqu'à faire face à la grande rosace multicolore. Et la rosace s'ouvrit ; une lumière presque aveuglante lui fit cligner les yeux et là, il la vit qui s'approchait.

C'était Martha.

Mais ce n'était pas la Martha qui l'avait quitté brutalement, emportée par un infarctus foudroyant, il y avait quinze ans. Non, c'était la Martha qu'il avait rencontrée encore adolescente, qui l'avait ébloui par la splendeur naïve de ses dix-huit ans ; c'est elle qui venait à lui dans cette lumière aveuglante, vêtue de la légère robe à fleurs qu'elle portait la première fois qu'il l'avait vue.

Elle s'approchait en souriant ; elle lui ouvrit les bras

— Tu as été long...

Le vieil homme tendit les bras.

66

— Je viens, Mon amour, je viens...

Stefan ferma les yeux du vieux Professeur. Ce fut Émilie qui rompit le silence.

— Il est mort en souriant...

Stefan regardait toujours le vieil homme.

— C'était le but...

— Il avait demandé... à passer ? ...

— Oui, il avait signé la demande, et je ne pouvais plus faire grand-chose pour lui...

— Vous lui avez donné le cocktail habituel ?

— Oui ; deux boules de qât et cinq comprimés de Tramazine...

— Cela marche toujours ?

— A cent pour cent...

Le responsable de la morgue de l'hôpital était déjà arrivé.

— Bon, alors on peut le récupérer, votre macchab ? C'est pas pour dire, mais à cause de vous, on est loin de notre quota ce mois-ci ; vous nous en aviez promis vingt-cinq, et on en n'est qu'à vingt-trois ! On va encore se faire engueuler parce que on n'a pas rempli nos objectifs de broyat pour les champs de qât !

11

Stefan serra sa vieille sacoche sous son bras et rabattit le capuchon de sa pèlerine. La pluie avait cessé mais avait fait place à un épais brouillard.

La journée avait été plutôt rude ; la maladie probablement incurable de Blandine, la mort programmée du vieux Professeur... Stefan se sentait complètement épuisé, malgré son qât, et n'avait qu'une hâte, réintégrer ce qu'il appelait sa « tanière » au plus vite, grignoter un morceau et se jeter sur son lit. Du coup, il coupa par le quartier des Marchands, pourtant connu pour être peu sûr à cette heure tardive où toutes les échoppes avaient tiré leurs lourds rideaux de fer ; mais ainsi il gagnait au moins dix minutes !...

L'énergumène avait jailli de la brume juste devant lui ; il pointait sur Stefan un vieux revolver à barillet et tendait l'autre main ;

— Ta sacoche ! vite !

Stefan, comme tous ses collègues, avait suivi des cours d'auto-défense ; il n'hésita pas un instant ; saisissant sa sacoche à deux mains, il la lança à son agresseur. Ce dernier l'attrapa au vol, lui aussi avec ses deux mains, ce qui eut pour effet de faire se dresser vers le ciel le canon du vieux revolver. Dans la seconde Stefan avait sorti sa propre arme de son étui et tiré une balle dans le genou droit de l'assaillant, qui s'écroula en hurlant dans une langue que Stefan ne comprit pas. Mais l'énergumène n'avait pas lâché son revolver, avec une grimace de douleur et de haine, il pointa de nouveau son arme vers Stefan. Celui-ci tira de façon réflexe ; la balle alla se loger entre les deux yeux.

Stefan récupérait à peine des mains du cadavre sa sacoche ensanglantée, que la police du qât arriva. La patrouille devait se trouver à proximité et avait entendu les coups de feu. Le chef s'enquit :

— un tireur de qât ?

Stefan leva la tête ;

— Je ne crois pas ; ce serait idiot à cette heure-là ; non, je crois que c'était un vulgaire tire-dolos... J'étais en légitime défense, vous savez...

Un des policiers s'était penché sur le cadavre ;

— Pourquoi vous lui avez tiré dans le genou après lui avoir mis une balle dans la tête ?

— Non ! j'ai commencé par lui tirer dans le genou ; je n'ai tiré dans la tête que parce qu'il continuait à me menacer !

Le chef de la patrouille ouvrit de grands yeux ;

— Alors, vous, vous commencez par tirer dans les genoux ?

Il se tourna vers ses hommes ;

— Vous avez vu, les gars, il y a encore des types qui ont des scrupules !

Les policiers de la patrouille s'esclaffèrent.

Le chef se retourna vers Stefan ;

— La prochaine fois, Monsieur, je vous conseille d'économiser vos balles et de tirer d'emblée entre les deux yeux. Ces ordures ne méritent pas mieux, et en plus votre... clémence aurait pu vous coûter la vie !

Stefan lui jura qu'il ne prendrait pas de risque la prochaine fois, sans vraiment savoir au fond de lui-même s'il parviendrait à respecter ce genre de serment...

Il arriva enfin chez lui. Il alluma la lumière et boucla tous ses verrous intérieurs. Il avait mal au crâne et pensa un moment prendre un comprimé de Tramazine et un complément de poudre de qât lyophilisée pour se changer les idées. La poudre était beaucoup moins euphorisante que les feuilles fraîches, mais c'était mieux que rien. Mais il décida finalement de se contenter d'un gramme d'Aspirine.

Il n'avait plus sommeil... Il se dirigea vers son réfrigérateur et se retrouva brutalement dans le noir. Encore une coupure de courant ! C'était le pain quotidien depuis des mois... Stefan sortit de sa poche la petite lampe-dynamo à manivelle qui ne le quittait jamais, l'alluma et alla chercher sa lampe à huile.

Il revint vers son frigo, qui bien entendu ne produisait du froid que selon la bonne volonté très intermittente du ministère de l'Énergie. Dans ces conditions, le réfrigérateur remplissait plutôt un rôle de garde-manger à température ambiante... Stefan récupéra un vieux morceau de fromage, une tranche de viande fumée et un quignon de pain rassis. Au moins, avec ça, il ne risquerait pas l'obésité !

Il crut qu'il allait laisser une dent dans le morceau de pain, encore plus rassis qu'il ne le pensait. Il pensa à la mort du Professeur Varnier. Décidément, il ne s'habituait pas... Pourtant, après le nombre de patients qu'il avait vu passer de l'autre côté de la barrière, il aurait dû !... Mais non... Il ne se résignait toujours pas au fatalisme officiel : « N'oubliez jamais que la vie est la seule maladie mortelle à cent pour cent et puis, c'est la volonté de Dieu. »

Il repensa brutalement au cadeau que lui avait fait le vieil homme, ce cadeau que Stefan n'était censé ouvrir qu'après la mort du vieux Professeur. Stefan se leva et alla chercher le paquet sous son lit. Il sortit son couteau de poche, coupa la ficelle et écarta le papier kraft.

C'étaient deux gros livres... ou plutôt un seul ouvrage, en deux épais tomes reliés. Sur la couverture, on pouvait lire « Traité de thérapeutique », par le Professeur Varnier.

Stefan ouvrit le tome I ; il regarda au bas de la première page ; son intuition était la bonne ; ces ouvrages dataient de deux ans avant le grand autodafé.

Il jeta un coup d'œil à ses verrous pour contrôler qu'ils étaient bien fermés à double tour, puis vérifia que le rideau-tapisserie occultait bien hermétiquement la fenêtre. Stefan connaissait le sort réservé à ceux qui étaient trouvés en possession de livres interdits, et le vieux professeur devait aussi bien le connaître. Alors, pourquoi diable avait-il pris le risque de lui léguer un tel cadeau empoisonné ?

La réponse devait se trouver dans les livres. Stefan, malgré l'heure avancée, n'avait cette fois-ci plus du tout sommeil. Il décida au moins de parcourir rapidement les deux tomes de l'ouvrage ; il serait toujours temps de les brûler ensuite discrètement, si besoin...

Le premier tome traitait des diverses techniques thérapeutiques ; le second envisageait le traitement des principales maladies, par ordre alphabétique de spécialité.

Il feuilleta le premier tome. La première partie portait sur la pharmacologie. Stefan commença à avoir du mal à intégrer ce qu'il lisait, car les trois-quarts, sinon davantage, des produits, médicaments ou drogues mentionnés lui étaient totalement inconnus !

Certes, on lui avait appris au cours de ses études qu'après le Grand Tournant, on avait éliminé purement et simplement de la pharmacopée un certain nombre de médicaments « pour services rendus insuffisants », mais il n'avait jamais pensé qu'ils aient pu être aussi nombreux ! Et puis, les médicaments inconnus qu'il découvrait ici paraissaient, du moins selon ce qu'il lisait, extrêmement efficaces... Alors, pourquoi diable les avoir éliminés ?

Il passa au chapitre suivant qui traitait de la chirurgie, et sa surprise fut au moins équivalente. La chirurgie que Stefan connaissait depuis sa formation se faisait avec des méthodes d'anesthésie passablement artisanales, et le chirurgien ne disposait que de ses mains et d'un matériel de base standard ; bistouri, pinces, fils de suture, matériel avec lequel les plus habiles faisaient d'ailleurs des miracles. Moyennant quoi, Stefan découvrait plusieurs méthodes d'anesthésie générale ou locale, et aussi des techniques où l'on opérait à travers de fins tuyaux enfoncés dans l'abdomen ou le thorax des patients, guidés par des micro-caméras ; il découvrit que l'on pouvait même opérer à l'aide de véritables robots, et lut avec stupeur que l'on pouvait intervenir sur et même dans le cerveau. Enfin, il apprit que l'on pouvait, dans des temps révolus, greffer des reins (ces greffes paraissaient routinières !), et même des cœurs et des poumons !

Stefan reposa un instant le vieux livre. Qu'est-ce que cela voulait dire ? Certes, on lui avait appris que le Grand Tournant avait « remis de l'ordre » dans une médecine inutilement hypersophistiquée et incroyablement onéreuse, et qui n'apportait rien de plus par rapport à la médecine et à la chirurgie dite « traditionnelle », mais il n'avait jamais imaginé que l'on ait pu renoncer à un tel degré de sophistication... et apparemment d'efficacité !

Un des chapitres suivants traitait de la radiothérapie. Pour Stefan, il s'agissait d'une technique d'irradiation des cancers qui avait été totalement abandonnée car trop chère et inefficace. Et là, il découvrait que des centaines de centres irradiaient tous les ans des dizaines de milliers de patients cancéreux, et que cette radiothérapie était l'une des armes incontournables de l'arsenal des traitements anticancéreux ! Qui donc fallait-il croire ?

Du coup, il se retourna vers le second tome, et l'ouvrit directement au chapitre « Cancérologie ». Il se targuait de bien connaître ; les trois-quarts des lits de son Service de médecine de confort étaient occupés par des patients cancéreux...

L'introduction le stupéfia ; le Professeur Varnier démarrait sans ambages par une affirmation :

« A notre époque, plus de la moitié des patients cancéreux sont guéris ». Stefan relut plusieurs fois la phrase ; comment cela pouvait-il être possible ? Les statistiques officielles les plus récentes ne faisaient état que de quinze à vingt pour cent de guérison, au mieux. Alors, plus de la moitié ? impossible !...

Dans les chapitres suivants, Le Professeur Varnier donnait la fréquence des cancers : et là encore, cela ne collait pas ! Les taux de cancers actuels étaient incroyablement plus élevés que ceux indiqués dans le vieux livre : les cancers seraient plus fréquents maintenant qu'à cette époque ? Mais pourquoi ?

Il pensa subitement à Blandine ; il alla au sommaire et trouva ; « Maladie de Hodgkin ; pages 264-292 ». Il fonça à la page 264 ; il voulait savoir... La maladie de Hodgkin, mis à part d'exceptionnelles présentations très localisées guéries par l'ablation d'un seul ganglion malade, était constamment mortelle. Alors, on allait bien voir ce que l'on en disait avant le Grand Tournant !

Il lut, les yeux écarquillés :

« Presque constamment fatale jusqu'au milieu du vingtième siècle, la maladie de Hodgkin a vu son pronostic changer radicalement à ce moment, essentiellement grâce aux travaux d'Henri S. Kaplan à Stanford (lequel recevra d'ailleurs pour cette raison le Prix Nobel de Médecine en 1989). H. S. Kaplan a confirmé l'extrême sensibilité de la maladie de Hodgkin aux rayonnements ionisants. Il a montré que la guérison peut être obtenue en irradiant non seulement les ganglions atteints, mais aussi les ganglions des chaînes ganglionnaires adjacentes. L'introduction de cette radiothérapie large va brutalement faire passer les taux de guérison de la maladie de presque rien à environ soixante-dix pour cent, tous stades confondus. »

Là, Stefan releva la tête et se secoua : soixante-dix pour cent de guérison, avec la seule radiothérapie, aujourd'hui totalement abandonnée ! Mais de qui se moque t-on ? Il se replongea dans sa lecture.

« Dans les années soixante-dix et surtout quatre-vingts, la radiothérapie de la maladie de Hodgkin va être renforcée par des protocoles de chimiothérapie de plus en plus efficaces et de moins en moins toxiques. Aujourd'hui, les formes localisées sont le plus souvent traitées par des associations de chimiothérapie et de radiothérapie localisée, tandis que les formes étendues (les stades III et IV) sont essentiellement traitées par des polychimiothérapies complexes ».

Suivaient les noms des produits proposés pour ces polychimiothérapies ; Stefan n'en connaissait aucun.

« De nos jours, le taux de guérison de la maladie de Hodgkin, tous stades confondus, dépasse les quatre-vingt-dix pour cent».

Stefan reposa l'ouvrage et regarda droit devant lui.

Si ce bouquin disait vrai, Blandine pouvait guérir !

Mais ça, ce ne pouvait pas être possible ; cela se saurait ! Comment aurait-on pu accepter de revenir en arrière de cette façon ?

Il était trois heures du matin. Stefan se dit qu'il fallait qu'il dorme un peu s'il voulait être à la hauteur pour s'occuper de ses patients le lendemain, ou plutôt le jour même...

Il chercha une cache pour les deux tomes du vieux livre ; il valait mieux que l'on ne découvre pas ça chez lui ! Il élimina le matelas ; les réminiscences des vieilles personnes y cachant leurs économies restaient encore trop présentes dans les esprits... Il pensa cacher les livres dans son conteneur d'eau, dans un sac en plastique étanche ; oui, mais que se passerait-il si l'étanchéité ne se révélait pas parfaite ? Il ne voulait pas prendre le risque de détruire, ni même d'abîmer cet invraisemblable ouvrage. Et puis, il lui revint à l'esprit un roman où tout le monde cherchait désespérément un objet... qui était en fait parfaitement en évidence. La meilleure façon de cacher est probablement de ne pas chercher à cacher ; il recouvrit donc les deux tomes d'une sorte de protège-livre à partir du papier kraft du cadeau, inscrivit sur les tranches « Traité d'Ostéologie, I et II » et il rangea les deux tomes sur son étagère au milieu de ses autres bouquins de médecine.

Il s'allongea sur le lit.

« Et si c'était vrai, ces quatre-vingt-dix pour cent de guérison de la Maladie de Hodgkin ?... »

Le visage de Blandine vint flotter un moment dans son esprit, et il s'endormit.

12

Stefan relut deux fois le compte rendu que venait de lui communiquer Pierre Lavidire. C'était le résultat de la biopsie médullaire, l'examen de ce petit morceau d'os prélevé au niveau de l'aile iliaque, et qui permettait d'évaluer l'état de la moelle osseuse, celle qui fabrique les globules du sang.

Le compte rendu de Pierre ne laissait aucune place à l'ambiguïté : la moelle osseuse de Blandine était massivement envahie par la maladie de Hodgkin. Cela en faisait donc bien, comme Stefan le craignait depuis le début, un « stade IV », le pire...

Entretemps, il avait récupéré le résultat d'une échographie de l'abdomen : l'examen montrait également des ganglions atteints par la maladie à ce niveau. Il avait aussi demandé un scanner du corps entier, mais, même avec le « piston » du patron du Service de radiologie, son ami Bernardo Irruya, il n'avait pu décrocher un rendez-vous avant trois mois. Il faut dire que c'était déjà moitié moins que le délai habituel... Mais de toutes façons, il avait déjà presque tous les éléments en main, et il n'allait pas attendre tout ce temps pour traiter Blandine.

Justement, le traitement... quel traitement ?

Il remit de l'ordre dans le dossier et téléphona à Christophe. Miraculeusement, il réussit à joindre son collègue en moins de vingt minutes.

— Christophe, je peux te voir quand ?

— Attends ; là, j'ai un gamin à examiner : tu me retrouves à mon bureau dans une demi-heure ?

Stefan, passant consciencieusement sa boule de qât de la joue droite à la joue gauche et alternativement, attendit un bon quart d'heure devant la porte du bureau de Christophe. « Bureau » était en fait un terme quelque peu pompeux pour le triste réduit sans fenêtre de six mètres carrés où s'entreposaient dans un désordre indescriptible dossiers, livres et autres clichés radiologiques. Mais au moins, Christophe pouvait se vanter d'avoir une pièce à lui tout seul, ce qui n'était pas le cas de la plupart de ses collègues.

L'hématologue barbu apparut tout essoufflé au bout du couloir :

— Stefan, excuse-moi ! Je suis en retard.

L'interpellé eut un léger sourire ;

— Oh, tu sais, je m'attendais à pire...

— N'insiste pas, s'il te plaît ; la direction n'arrête pas de me faire remarquer que je passe trop de temps avec les malades, et que je ne suis pas rentable.

— Je crois que j'ai le même problème, tu sais.

— Bon, tu as les résultats de ta... (Il faillit de nouveau lâcher « nénette », mais se rappela de justesse que Stefan n'avait pas apprécié la première fois...) ta... patiente ?

— J'ai presque tout récupéré. Tu avais raison, c'est bien un stade IV ; la moelle osseuse est truffée de cellules de Sternberg ; même Pierre en a rarement vu autant !

— Bien... Enfin, « Bien », façon de parler, parce qu'on ne va pas être très brillants sur ce coup-là.

— Tu as bien quelque chose à proposer ?

— On peut essayer la Vinblastine ; c'est de toutes manières le seul médicament de chimiothérapie anticancéreuse dont je dispose. Cela devrait pouvoir faire diminuer un peu les ganglions, et nous faire gagner quelques mois...

— C'est tout ?

Christophe s'emporta ;

— Mais tu sais aussi bien que moi que c'est tout, Stefan ! Pourquoi diable tu me demandes ?

— C'est toi le spécialiste, Christophe ! Tu as bien quelques tours... plus ou moins exotiques, dans ton sac ?

Christophe leva les bras au ciel ;

— Tu me prends pour le Messie ou quoi ? Non, je n'ai rien de mieux ! Le seul truc...

— Oui ?

— Le seul truc qui a marché parfois pour les leucémies, ce sont les transfusions.

Stefan ouvrit de grands yeux.

— Les transfusions sanguines ?

— Bien sûr, pas les transfusions de qât ! Encore que cela serait peut-être à essayer... au point où on en est...

— C'est sérieux, tes histoires de transfusions ?

— On a observé quelques rémissions de leucémies comme ça, il y a bien longtemps, mais il faut bien dire que c'est rarissime...

Stefan pensa au livre du Professeur Varnier, mais il ne savait pas trop comment aborder le sujet sans éveiller les soupçons.

— Christophe, il n'y a pas d'autres... machins... médicaments... ou technique... qui pourraient... Il me semble vaguement avoir entendu parler de...

— De polychimiothérapie et de radiothérapie ?

Stefan frissonna ; il était peut-être allé trop loin.

Christophe poursuivait, l'air de rien.

— Avant le Grand Tournant, les compagnies pharmaceutiques, afin d'augmenter encore des profits déjà plus que colossaux, avaient organisé effectivement des essais thérapeutiques avec des polychimiothérapies de leur cru, afin de démontrer l'efficacité de leurs produits. Ah, pour ça, les résultats furent spectaculaires ; les protocoles testés montraient des taux de guérison absolument mirobolants !

— Aaah ? Et alors ? fit un Stefan suspendu aux lèvres de son collègue.

— Et alors ? Et alors tous ces résultats étaient bien évidemment bidons ! Complètement truqués ! Tout ce bazar était uniquement destiné à vendre encore plus cher encore plus de médicaments inutiles, avec lesquels les compagnies pharmaceutiques s'engraissaient sur notre dos ! Heureusement, le Grand Tournant a remis de l'ordre là-dedans !

— Ah bon ? Et la radio... machin ...

— La radiothérapie ? Pas mieux ! Les fabricants de machines à rayons se faisaient - excuse l'expression - des couilles en or avec des appareils à plusieurs millions de dolos : et leurs résultats étaient tout aussi bidouillés que ceux des soi-disant médicaments-miracle...

La sonnerie de onze heures retentit.

Christophe releva la tête :

— Et merde ! Comme si on n'avait que ça à faire !

La sonnerie appelait à la Prière collective.

Stefan se tourna vers son collègue barbu ;

— On y va ?

L'autre maugréa :

— On n'a pas vraiment le choix...

Ils se dirigèrent vers le grand hall central. Le vaste espace pouvait facilement accueillir plus de mille personnes, soit quasiment tout le personnel de l'hôpital.

Une seconde sonnerie retentit, plus aiguë ; elle signifiait qu'il ne restait plus que deux minutes aux retardataires pour rejoindre le hall.

Stefan et Christophe arrivèrent dans les derniers. Le hall était bondé. Il était orienté est-ouest, et à l'est, plaqué sur le mur à trois mètres de hauteur, un grand cercle d'Étoiles clignotait autour d'un écran rond. Toutes et tous étaient debout, face au cercle d'Étoiles, les paumes tournées vers le ciel, et silencieux. Sur

l'écran, s'afficha alors le compte à rebours ; 5-4-3-2-1 ; à
« 0 », tous démarrèrent à l'unisson, à voix haute, la
Prière Universelle :

*« Notre Dieu, le sans nom, le Matriciant, le
Matriciel, le très-Haut, le Puissant, le Miséricordieux,*

Donne-nous aujourd'hui notre qât de ce jour,

Qu'il en soit fait selon ta volonté,

*Et que notre Destin s'accomplisse comme tu l'as
décidé.*

*Ô Notre Dieu, le sans nom, le Matriciant, le
Matriciel, le très-Haut, le Puissant, le Miséricordieux,*

Guide-nous sur le chemin ascendant,

*Et accorde-nous d'accepter l'existence que tu as
choisi pour nous,*

Et même si nous devons en souffrir,

*Ô Notre Dieu, le sans nom, le Matriciant, le
Matriciel, le très-Haut, le Puissant, le Miséricordieux,*

*Étends ta protection sur tous tes enfants, et
particulièrement sur ceux qui ont la charge*

de nous diriger,

*Ô Notre Dieu, le sans nom, le Matriciant, le
Matriciel, le très-Haut, le Puissant, le Miséricordieux,*

*Que ton nom soit sanctifié et que ton règne vienne au
jour où tu l'auras décidé,*

*Ô Notre Dieu, le sans nom, le Matriciant, le
Matriciel, le très-Haut, le Puissant, le Miséricordieux,*

Amen.

Toutes et tous s'inclinèrent dix secondes en silence, puis la vie reprit et chacun repartit à son travail.

Christophe se tourna vers Stefan :

— Tu es croyant, toi ?

— Bien... Disons que je suis habitué à la Prière.

— Je vois.

— Et toi, Christophe ?

— Moi, pas du tout !

— Ah bon, mais alors... ?

— Alors, pourquoi je viens ? Tu as remarqué les caméras tout autour du hall ? Et bien, tu vois, il paraît que ce sont les seules de tout l'hôpital qui fonctionnent. Et elles sont directement connectées au bureau de surveillance des Pasdarans-sécurité... Si tu la manques trop souvent, la Prière, tu risques d'avoir de la visite... Alors...

13

Le Professeur Martinon avait largement dépassé la soixantaine, mais portait encore beau. Sa moustache grisonnante était toujours impeccablement taillée, et on ne l'avait jamais vu autrement que vêtu d'un costume trois-pièces bleu foncé, et avec une cravate de la même couleur sur une chemise immaculée.

Il dirigeait son hôpital d'une main de fer, mais les médecins sous ses ordres lui reconnaissaient un savoir-faire certain. Bien sûr, il fallait s'accommoder des restrictions, mais tous savaient bien qu'elles étaient « moins pires », ces restrictions, à l'Hôpital central de la capitale que partout ailleurs dans le pays. La situation était carrément catastrophique en banlieue et dans la plupart des villes de province. Les liens privilégiés avec les Dirigeants que l'on prêtait au Professeur Martinon y étaient possiblement pour quelque chose...

Le téléphone sonna sur le bureau du directeur ; c'était sa secrétaire ;

— Walter Al-Saddam est ici, Monsieur.

— Faites entrer !

Le spectre grisâtre pénétra dans la pièce. La convocation avait été sèche et pressante, peu dans les habitudes policées du directeur.

— Asseyez-vous, Walter. Un peu de qât ?

Al-Saddam s'installa dans le fauteuil en cuir face au bureau du Directeur. Ledit fauteuil était nettement plus bas que celui du Professeur Martinon, et ce n'était peut-être pas un hasard...

— Merci, Monsieur le Directeur, c'est du... ?

— C'est de l'original, Walter, directement de l'Île.

Al-Saddam cracha sa boule de qât dans une corbeille et se mit dans la joue la boule de jeunes feuilles prélevée dans la bourse plastique que lui tendait le directeur.

— On a un problème, Monsieur ?

— Oui, et sérieux, le problème. Vous connaissez David Ben Achab ?

— Le Chef de service de cancérologie de l'hôpital de l'Île ?

— Tout à fait. Il est mort.

Al-Saddam ouvrit de grands yeux.

Mort ? Mais il est... était tout jeune

— Quarante-deux ans.

— Mais comment... ?

— Il revenait d'une réunion sur la côte Sud ; son hélicostationneur s'est écrasé.

— Un accident ?

— Jusqu'à preuve du contraire. Mais on n'exclut pas un acte de terrorisme.

— Les résistants ?

— Les résistants ou les intégristes catholiques... Pour le moment on n'a pas de piste ; ça s'est passé ce matin.

— Qui va le remplacer ?

— C'est bien là la question ; compte tenu de l'âge de David, son successeur désigné n'est qu'en première année de formation ! Il ne sera pas prêt avant sept ou huit ans : pas question d'attendre jusque-là. Il nous faut un responsable du service de cancérologie de l'hôpital de l'Île au plus tard dans deux mois...

— Dans deux mois !

— Oui, c'est le délai que nous donne le Conseil.

— Et vous voulez... reformater quelqu'un ?

— On n'a pas le choix.

— En deux mois ?

Le Professeur Martinon commençait à s'énerver :

— Oui, en deux mois ! Écoutez, Walter, je sais que vous n'aimez pas les reformatages, et je sais que reformater un médecin en deux mois est démentiel, mais nous ne sommes pas là pour discuter les décisions du Conseil, mais pour les appliquer ! Donc première question ; qui leur envoie-t-on ? Si je suis logique, je devrais proposer le docteur Ferman, notre hémato-cancérologue ; c'est lui le plus compétent en la matière, non ?

— Ça, pour la compétence...

— Cela veut dire quoi, ça ?

— Que sa compétence n'est pas en cause ; c'est un remarquable professionnel...

— Mais ?...

86

— Mais le docteur Ferman est connu pour... disons revendiquer, et pester en permanence contre la faiblesse de nos moyens ; alors, quand il va savoir !...

— Il y a autre chose ?

— Eh bien, sur le plan privé...

— Privé ?

— Le docteur Ferman a une vie privée... compliquée ; en fait, il a trois maîtresses...

— Vous en savez des choses, vous !

— Je suis payé pour ça, Monsieur le Directeur.

— Exact, Walter, et c'est d'ailleurs bien pour ça que je vous fais venir. Donc, nous disions trois maîtresses ; c'est plutôt un signe de bonne santé, non ?

— Si vous voulez, mais ça complique les choses sur le plan de la confidentialité.

— Vous pensez aux confidences sur l'oreiller ?

— Je me dois d'envisager toutes les hypothèses, surtout pour un poste aussi sensible...

— Il n'est quand même pas obligé de raconter tout ce qu'il fait à ses maîtresses !

— Certes, Monsieur le Directeur, mais en l'occurrence, la personnalité des maîtresses pose problème, au moins pour deux d'entre elles.

— Continuez ; je suis impressionné...

— La première est une femme d'âge mûr, professeur de mathématiques, calme et raisonnable, mais la seconde est une petite jeune de vingt ans totalement immature. Quant à la troisième, il s'agit d'une hystérique notoire.

Le Professeur Martinon eut l'air songeur.

— Dites, Walter, vous en savez autant sur tout le monde dans cet hôpital ?

— J'essaie simplement de faire mon travail correctement, Monsieur le Directeur, laissa tomber Al-Saddam avec une petite grimace qui voulait être un sourire...

— Bon, et si on renonce à Ferman ; on a une alternative ?

— Peut-être, Monsieur ; Stefan Kemansky, le Chef de notre service de médecine de confort.

Le Professeur Martinon regarda le plafond :

— C'est vrai qu'il a beaucoup de cancéreux dans ses lits... Et c'est quoi vos informations sur Stefan ?

— Sur le plan médical, vous en savez plus que moi.

— Pour moi, c'est un très bon professionnel, extrêmement dévoué. Pas vraiment la carrure d'un chef et pas beaucoup de personnalité, mais fiable. Et vous, vous avez des choses en réserve sur lui ?

— Pas vraiment. Vie régulière, totalement centrée sur son travail. Peu ou pas revendicateur. Semble trouver son kayf sans problème avec son qât quotidien. Quelques amis médecins, dont Thomas Girard, notre pneumologue. Assiste régulièrement à la Prière...

— Et sur le plan sexuel, puisque vous semblez tout savoir ?

— Fréquente régulièrement une vieille prostituée des quartiers Nord.

— Vieille ?

— Il va la voir sous Tramazine. Et puis, son salaire ne lui permettrait pas d'aller voir les jeunes prostituées des quartiers Ouest...

— Rien d'autre ?

— Non, une sœur dans le Sud, qu'il ne voit qu'une à deux fois par an, vu la distance.

— Bien, et à part lui ?

— Pour un reformatage aussi accéléré, il nous faut quelqu'un qui a déjà de bonnes bases ; si nous éliminons Christophe Ferman, nous n'avons guère que Stefan à proposer.

— Vendu.

Le Professeur Martinon décrocha son téléphone.

— Nathalie ; je veux le docteur Kemansky dans mon bureau dans les cinq minutes ; je dis bien dans les cinq minutes !

14

La voiture de fonction du Professeur Martinon fut à deux doigts d'écraser un pauvre piéton qui ne s'était pas écarté assez vite.

Stefan, pas très rassuré, se cramponnait à son siège. Il essayait de se souvenir de la dernière fois où il était monté dans une automobile... Cela devait remonter à trois ou quatre ans ; un haut fonctionnaire qu'il avait réussi à guérir lui avait fait faire le tour de la capitale en voiture...

De fait, il commençait à ne pas se sentir très bien, à la limite du manque de qât. Walter Al-Saddam était passé le chercher à cinq heures et demi du matin, et il n'avait pas eu le temps de passer chez Hugo. Il se tourna vers le sous-directeur :

— Est-ce qu'on pourrait s'arrêter dans une boutique de qât ?

Al-Saddam se retourna vers Stefan avec un rictus vaguement souriant.

— Je crois que j'ai mieux...

Il sortit de sa poche un sachet de petites feuilles vertes qui paraissaient vraiment très fraîches, et le tendit à Stefan :

— Tenez, vous m'en direz des nouvelles !

— Merci, je vous dois combien ?

Le sous-directeur prit un air très amusé, ce qui eut surtout pour effet de modifier sa grimace.

— Rien du tout ! cadeau du Professeur Martinon !

Stefan se mit la boule de qât dans la joue droite ; quelques secondes lui suffirent pour détecter que ce qât n'était pas... comme d'habitude.

Al-Saddam ne l'avait pas quitté des yeux :

— Alors qu'est-ce que vous en dites ?

— C'est bizarre ; il est... différent... plus doux, et en même temps plus amer ; vous l'achetez où ?

— Au Yémen.

— Hein ? Stefan faillit avaler sa boule de qât.

— Au Yémen : celui-là vient de plantations au nord de Sanaa.

— Mais ce n'est pas possible...

— Pourquoi ça ?

- Mais il est tout frais, votre qât ; on le croirait cueilli il y a quelques heures !

— Il a effectivement été cueilli il y a quelques heures.

Là, Stefan ouvrit la bouche, mais sans trouver les mots.

Al-Saddam semblait s'amuser de plus en plus.

— Le Professeur Martinon vous a parlé de reformatage, non ?

— ... Oui..., articula péniblement Stefan

— Et bien voilà, c'est le début de votre reformatage ! Sachez que sur l'Île, on ne consomme pas de qât génétiquement modifié de provenance nationale; on fait venir directement tous les matins le qât original, ou originel, comme vous voulez, depuis les montagnes d'Arabie. Nous avons un service d'aéronefs spéciaux pour ça, relayés par des hélicostationneurs...

— Mais pourquoi ne pas consommer tout simplement le qât d'ici ?

— Excellente question ! La réponse fait partie du reformatage...

Le ton impliquait fermement qu'Al-Saddam ne souhaitait pas aller plus loin dans ses explications à l'heure actuelle.

Stefan se repassa alors le film de sa discussion d'hier avec le directeur.

Cette promotion qu'on lui offrait à l'hôpital de l'Île, c'était probablement la chance de sa vie ! Ça ne se refusait pas. De toutes manières, on ne lui avait pas vraiment demandé s'il acceptait ou non !... C'était un ordre, pas une proposition. Une seule chose l'ennuyait un peu ; cette insistance sur cette formation complémentaire, ce « reformatage » comme disait le Professeur Martinon, et cette promesse qu'il avait dû faire de garder le secret total sur tout ce qu'il verrait ou entendrait dans l'Île, sous peine de... Martinon n'avait pas détaillé, mais Stefan pouvait très bien imaginer.

On lui avait précisé que pendant son « reformatage », il aurait à continuer à s'occuper de son service à l'hôpital central deux jours par semaine. Le reste du temps, il le passerait sur l'Île, où on allait provisoirement lui trouver une chambre.

La voiture stoppa net. Stefan, perdu dans ses pensées et qui n'avait pas bouclé sa ceinture, se retrouva projeté sur le siège avant, heureusement rembourré.

Al-Saddam tendit la main ;

— Vous avez votre carte ?

Stefan fouilla dans la poche intérieure de son blouson et sortit sa carte d'identification personnelle.

La barrière du pont s'ouvrit, et les gardes surarmés les laissèrent passer. Stefan avait repris ses esprits.

— Dites donc, c'est plutôt bien surveillé, ici !

— Vous n'avez rien vu, Stefan...

Effectivement, Stefan n'avait rien vu ; à l'autre extrémité du pont, une sorte de bâtiment bétonné faisait comme une verrue sur la muraille métallique qui entourait l'Île. Là, les choses se compliquèrent. Stefan dut se déshabiller entièrement. On enregistra les empreintes digitales de ses deux mains, on photographia ses iris, et on lui préleva un peu de sang. « Code génétique », laissa simplement tomber Al-Saddam.

Ceci fait, on lui redonna ses vêtements, probablement passés au peigne fin.

Stefan savait bien, comme tout le monde, que l'Île était un secteur privilégié et protégé, mais il n'aurait jamais pensé que les conditions d'accès étaient aussi drastiques.

Ils retrouvèrent la voiture. Stefan regarda autour de lui ; le temps restait nuageux mais les bâtiments de l'Île lui paraissaient superbes ; la pierre claire des immeubles haussmanniens accrochait le moindre rayon de soleil, et tous les balcons étaient fleuris. Stefan se secoua ; peut-être n'était-ce là que l'effet de ce qât « originel » ? Mais il ne ressentait pas l'excitation et l'euphorie qui le prenaient quand le qât, éventuellement relayé par la Tramazine, lui permettait de transcender la réalité... Non, apparemment il se trouvait dans un monde bien réel, et ce monde de l'Île n'avait pas grand-chose à voir avec le reste de la capitale. Les Dirigeants semblaient avoir bon goût, et des moyens sans commune mesure avec ceux du commun des mortels... Les rues étaient propres, les trottoirs impeccables. Des boutiques somptueuses offraient les articles les plus luxueux. Stefan savait que les Dirigeants vivaient mieux que... les autres, mais il ne s'était jamais imaginé découvrir en pleine capitale un îlot débordant d'une telle richesse. Il commençait à réaliser pourquoi on lui demandait de rester discret...

Il se tourna vers Al-Saddam.

— Où va t-on maintenant ?

— A l'hôpital de l'Île ; c'est tout près ; l'Île n'est pas très grande. En fait, elle était même encore plus petite au début ; on l'a agrandie après le Grand Tournant, en comblant le bras du fleuve qui la séparait de l'autre île située à l'est ; maintenant, elles ne font plus qu'une...

La voiture stoppa devant l'esplanade de la moscathédrale.

Stefan descendit et resta planté devant la façade de l'édifice. Oh, il l'avait vu cent fois en photo, mais c'était la première fois qu'il la voyait en vrai. Avec les murailles d'acier, on ne voyait, de l'extérieur de l'Île, que la pointe de la grande flèche. Il détailla les statues, les dentelles de pierre. Et cela avait plus de huit siècles !

Al-Saddam interrompit sa contemplation.

— Stefan, vous venez ?

Il s'ébroua ; il serait bien resté plus longtemps.

Ils entrèrent dans l'hôpital de l'Île, qui donnait sur l'esplanade. Les bâtiments extérieurs ne payaient vraiment pas de mine ; ils devaient avoir deux ou trois siècles. Mais dès l'entrée franchie, l'ambiance changeait ; tout était immaculé du sol au plafond, et d'un modernisme auquel Stefan n'était guère habitué.

Al-Saddam le guida dans une suite de galeries à colonnes qui donnait sur un patio central fleuri. Un ascenseur qui fonctionnait (Stefan était rompu aux ascenseurs à visée purement décorative.) les emmena dans un silence feutré au troisième étage. Le bureau de la secrétaire du directeur était à lui seul deux fois plus grand que celui du Professeur Martinon à l'hôpital central. Elle les annonça. Al-Saddam et Stefan pénétrèrent dans une vaste salle dont la partie droite était couverte de rayonnages abritant des livres anciens jusqu'à quatre mètres de hauteur ; à gauche, de larges baies vitrées s'ouvraient sur le patio. Là-bas, au bout de la pièce, deux personnages les attendaient.

Celui qui était assis se leva.

— Bonjour, je suis le Professeur Sormann, le directeur de ce modeste établissement. Ça va, Walter ?

La main se tendit vers Stefan :

— Docteur Kemansky, je suppose.

Stefan serra la main tendue ; la poignée de main était franche.

Le directeur continuait.

— Je pense que vous avez compris notre problème ; la disparition inattendue du docteur David Ben Achab nous laisse dans une situation... difficile. En fait, le mot est faible ! Après en avoir parlé avec mon cousin le Professeur Martinon, nous avons jugé que vous étiez le meilleur candidat pour remplacer ce pauvre David. Mais bien entendu, cela nécessite une formation spéciale, par force... accélérée. Je ne vous cache pas que vous allez devoir beaucoup travailler dans les deux mois qui viennent afin de vous remettre à niveau. Dans cette période, vous aurez un statut de personnalité « mixte », comme mon cousin et comme notre ami Walter Al-Saddam, c'est-à-dire un statut de « travailleur actif » à la fois dans l'Île et en dehors, puisque vous allez devoir continuer à vous occuper en parallèle de votre service à l'hôpital central. Je suppose que vous avez été mis au courant de la nécessaire hyper-confidentialité de tout cela ?

Stefan acquiesça de la tête.

— Vous aurez besoin d'un mentor, reprit le Professeur Sormann.

Il se retourna vers l'homme qui se tenait debout à sa droite.

— Je vous présente le docteur Joseph Sarkis ; c'est lui qui est chargé de vous guider et de programmer votre reformatage.

Stefan leva les yeux. Le docteur Sarkis semblait frôler les soixante-dix ans, il arborait une courte barbe blanche et un début de calvitie.

Un large sourire éclairait son visage. Il tendit la main :

— Enchanté, Stefan.

— Enchanté, Docteur Sarkis.

— Appelez-moi Joseph !

Stefan sourit ; au moins son mentor paraissait sympathique.

15

Le vieux docteur Sarkis emmena Stefan dans une grande salle qui donnait également sur le patio fleuri. A en juger par les rayonnages débordant de livres, il devait s'agir d'une sorte de bibliothèque.

Au centre de la pièce se trouvait une longue table recouverte de cuir noir. Sur cette table, plusieurs claviers et des écrans.

Le vieux médecin barbu se tourna vers Stefan.

— Vous savez ce que c'est ?

— Je crois. Cela ressemble à des... ordinateurs, mais je croyais...

— Qu'on les avait tous fait disparaître après le Grand Tournant ?

— Oui...

— C'est presque exact. Vous voyez, Stefan, ces machines ne valent que par ce qu'on leur fait faire. Au début, elles n'étaient utilisées que pour faciliter les calculs mathématiques et gérer des quantités importantes de données. Mais les choses ont dérivé ; on a mis ces ordinateurs en réseau, d'abord à une petite échelle : une entreprise, un groupe industriel, et puis rapidement, le réseau s'est étendu à toute la planète, jusqu'à devenir ingérable.

— Ingérable ?

— Oui, imaginez ; chacun pouvait injecter strictement n'importe quoi dans ce réseau planétaire ; des textes, des images, des musiques... Parmi les dérives les plus graves, celles concernant l'information : à côté des informations « professionnelles » et sérieuses, contrôlées par les médias et les états, n'importe quel irresponsable ou même n'importe quel déséquilibré mental pouvait lancer dans le réseau des informations délirantes ou aberrantes, et le résultat était que le simple citoyen ne parvenait plus à distinguer le vrai du faux, le bien du mal ! Il suffisait par exemple que le gouvernement mentionne un progrès substantiel dans un domaine, tenez par exemple, pour faire simple, la création d'une voie ferrée vers telle ou telle destination, pour qu'une marée d'informations mal intentionnées diffuse des tonnes de messages insistant sur l'inutilité du projet, son coût démesuré, son tracé inadapté, ses conséquences sur l'écologie des régions traversées, la corruption de ses concepteurs et j'en passe et des meilleures... Et encore, dans l'exemple choisi ici, ce n'était pas trop grave ; mais imaginez un peu quand il s'agissait d'une décision de politique internationale ! Et j'oublie les fameux réseaux sociaux !

— Les quoi ?

— Les réseaux dits « sociaux », initialement ludiques, censés faire communiquer entre elles en toute liberté et sans censure des millions de personnes. Mais nul ne s'est rendu compte quand ils ont été lancés, ces fameux réseaux, que cela rendait transparente l'intégralité, ou presque, des existences des malheureux qui s'inscrivaient naïvement ! Le résultat ? Des millions de personnes enregistrées, fichées, surveillées, dépouillées de leur intimité et espionnées, parfois même à leur insu, par les caméras de leurs propres ordinateurs !... Et puis on pouvait « mettre en ligne », comme on disait à l'époque, tout et n'importe quoi et sur n'importe qui ; et plus c'était choquant et plus c'était compromettant, et mieux c'était ! Votre épouse vous retrouvait en vidéo sur le réseau dans les bras d'une autre, le brillant jeune cadre bon chic bon genre voyait faire le tour du monde à la photo de ses fesses qu'il avait imprudemment montrées lors d'une soirée un peu alcoolisée. On pouvait aussi se regrouper virtuellement sur un réseau pour organiser le lynchage en règle, à grands coups de rumeurs, de quelqu'un dont la tête ne vous revenait pas, et ceci en toute impunité, au nom d'une sacro-sainte « liberté d'expression » ! Bientôt, on ne compta plus les dépressions, les pertes d'emploi, les divorces et même les suicides ! Il y en eut même pour inonder la planète de documents ultra-secrets et confidentiels, au risque de déclencher des guerres ! Et puis , il y eut plus grave encore, car tout cela n'était pas grand-chose à côté des vidéos de tortures diverses, de pauvres gens brûlés tout vifs, de décapitations en direct, mises en ligne , comme on disait , par des groupes d'extrémistes plus ou moins religieux pour attirer les déséquilibrés en tout genre se délectant devant ces horreurs...

— Pas beaucoup plus horribles que nos exécutions au broyeur, non ?

— Stefan ; cela n'a rien à voir ! Même si je n'apprécie

pas particulièrement ces spectacles, ces exécutions n'ont pour but que de sauvegarder les acquis sacrés du Grand Tournant !

— Oui, bien sûr... et que trouvait-on encore, sur ces réseaux sociétaux ?

— Sociaux, Stefan ; réseaux sociaux ! Et bien, tenez, un dernier exemple : le qât ! Les sites officiels et sérieux détaillaient bien, honnêtement et consciencieusement, les bienfaits connus du qât, la régularisation de l'humeur, la sensation de bien-être qu'il induit, l'équilibre psychologique qu'il assure à ceux qui en consomme régulièrement, et surtout l'extraordinaire paix sociale qu'il a apporté à notre Société ; vous pourriez croire que tout ceci n'est qu'évidence : et bien non ! Certains demeurés irresponsables n'hésitaient pas à lancer sur le réseau, des informations, ou plutôt des désinformations, absolument invraisemblables sur les soi-disant dangers de l'accoutumance au qât, sur le caractère « effroyable », à leur dire, des crises de manque etc ...etc... Il y en eut même pour affirmer sans rire que le qât augmentait le risque de cancer ! Vous vous rendez compte ? Il fallait clairement faire quelque chose, et le Grand Conseil a eu ce courage insigne, lors du Grand Tournant, de faire enfin « quelque chose » ! Les ordinateurs et leurs réseaux ont disparu, pour le plus grand bien de la Société ! Ici, nous n'avons conservé que la conception originelle, un petit réseau interne utile à l'Île, sans plus.

Le vieux médecin s'était assis et s'était mis à taper sur le clavier.

— Je vous donnerai un mot de passe, Stefan. Ensuite, pour vous, seules les données médicales offrent un inté-rêt. Une fois entré dans cette partie, ici, nous disons une

« fenêtre », tapez sur l'icône « Thérapeutique ». J'ai vu votre dossier, vous n'avez pas besoin de formation complémentaire en diagnostic : apparemment vous êtes très bon. Par contre, sur le plan thérapeutique...

— J'ai encore à apprendre...? risqua Stefan.

— Ça oui, et vous aurez ici beaucoup plus de moyens qu'à l'hôpital central.

— C'est-à-dire à dire pas de restrictions ?

— Bien entendu, pas de restrictions, mais aussi plus que ça ; vous aurez accès à des produits que vous ne connaissez pas.

Stefan ne peut s'empêcher de penser au traité du Professeur Varnier. Donc c'était bien vrai ; seulement, de nos jours, ces produits semblaient réservés à l'élite.

— En cancérologie aussi ? hasarda Stefan

— En cancérologie surtout !

— Je ne comprends pas, si ces produits sont efficaces pourquoi n'en dispose-t-on pas à l'Hôpital central ?

— Trop chers.

— Hein? Stefan avait sursauté.

Le vieux docteur se retourna vers Stefan.

— Je crois qu'une petite remise à niveau s'impose.

Stefan se força à sourire.

— Je crois aussi ; j'ai du mal à suivre ...

— Allons-y ; on va essayer de faire simple. Les laboratoires pharmaceutiques d'avant le Grand Tournant nous sortaient presque chaque mois des nouvelles molécules anticancéreuses, toutes plus onéreuses les unes que les autres. Oh, elles étaient la plupart du temps efficaces, mais pour une molécule nouvelle capable de changer réellement le pronostic d'un cancer donné, on en avait vingt dont les « services rendus », comme disent nos spécialistes, étaient plutôt... disons minimes. Pour prendre un exemple, tel nouveau produit permettait d'augmenter le taux de survie à cinq ans de deux à trois pour cent : c'était certes significatif, mais cela ne faisait quand même pas beaucoup... Présenté autrement, cela voulait dire que l'on augmentait la durée moyenne de survie d'un malade donné de quelques jours, voire quelques semaines, sans plus...

— C'est toujours bon à prendre, non ?

— Vous réagissez en médecin, Stefan, ce qui est normal. Mais maintenant mettez-vous à la place de nos Dirigeants, qui ont à rendre compte de l'utilisation des deniers publics. Compte tenu du coût astronomique des nouveaux médicaments, la Santé finissait par constituer un effroyable gouffre budgétaire. Rendez-vous compte que l'on a pu calculer dans certains cas que le coût d'une seule journée de vie gagnée s'élevait à plus de cent mille dolos ! Cent mille ! Sans compter que bien souvent, le malade était en si mauvais état qu'il n'était pas vraiment en mesure de profiter pleinement de ces quelques jours de survie supplémentaires...

— Mais on ne pouvait pas gérer un peu mieux les prescriptions ? Et sélectionner les patients pour lesquels l'avantage était vraiment démontré ?

— On a bien essayé, Stefan, mais cela ne fonctionnait pas ! Et nos collègues toubibs ne voulaient pas entendre parler du coût des traitements ; pour eux, à partir du moment où il pouvait exister une chance même minime d'amélioration, il fallait le prescrire.

— Cela paraît normal, non ?

— Normal pour votre éthique, mais intolérable pour l'équilibre des finances de l'État. Finalement, dans ce bras de fer entre les médecins et les financiers, ce sont les financiers qui ont eu le dernier mot. Le Grand Tournant a avalisé un retour à des prescriptions « standard » de base ; c'est ce que vous faisiez à l'hôpital central, et ce qui se fait partout ailleurs que dans l'Île et dans les secteurs protégés. Pour faire passer la pilule, on a nié tous les avantages des autres produits en accusant les laboratoires d'avoir truqué leurs résultats.

— Oui, ça, je sais.

— La situation paraît en fait aujourd'hui assez bien acceptée, même si vous pestez contre les restrictions... Et puis le qât aide bien... Rien de tel qu'un bon kayf euphorisant pour ne pas se poser de problème !

Stefan réalisait :

— Cela veut dire qu'ici, on dispose d'une sorte de super-médecine réservée aux Dirigeants et à leur famille ?

Le vieux médecin haussa les épaules.

— Vous savez, mon jeune ami, cela a toujours été un peu comme ça partout, et depuis des siècles. Ça vous choque ?

Stefan se dit qu'il aurait été déplacé de répondre « Oui ». Il se contenta d'un « ... Ben, un peu... ».

16

Marco se réveilla en sursaut. Il avait la bouche sèche, l'estomac au bord des lèvres et un mal de tête à hurler...

Il ouvrit les yeux. La lumière crue lui arracha un gémissement.

Il était couché sur le dos, fixant un plafond tout blanc. Il essaya de se souvenir... mais son esprit était sérieusement embrumé. Il était là, dans un lit, dans une pièce blanche immaculée, n'ayant pas la moindre idée de ce qui avait précédé.

Il voulut porter une main à son front, afin de tenter de soulager l'épouvantable douleur qui lui transperçait le crâne, mais il se rendit compte que ses deux mains étaient solidement attachées ; il se redressa un peu pour regarder : d'épaisses lanières de cuir entravaient ses poignets : mais pourquoi diable ? Marco commença à paniquer ; il remua les jambes et s'aperçut que ses chevilles étaient elles aussi attachées.

Il se laissa retomber sur le lit, fixant de nouveau le plafond... Le plafond ? Ses pupilles se dilatèrent d'horreur ; le plafond... descendait lentement, tout doucement, vers lui !

Mais qu'est-ce que c'était que ce cauchemar ? Il n'allait quand même pas se laisser écrabouiller comme un vulgaire cloporte ! Il tendit tous ses muscles et hurla. La lanière de son poignet droit céda la première, puis celle qui enserrait son poignet gauche. Il tentait d'arracher les liens qui entravaient ses chevilles quand la porte s'ouvrit. Il eut un soupir de soulagement : enfin, de l'aide ! Une forme en blouse blanche entra au ralenti... Il leva la tête et crut que son cœur allait se décrocher ; la forme avait un corps à peu près humain, mais la tête n'était qu'une sorte de ballon blanchâtre tout lisse. Un orifice s'ouvrit alors au milieu du « ballon » et un son suraigu vrilla les tympans de Marco.

Fou de terreur, il arracha les derniers liens qui maintenaient ses jambes. La créature tendit un bras; à son extrémité, une grosse seringue. Marco ne prit pas le temps de réfléchir ; il fallait agir vite. Il sauta de son lit, souleva comme un fétu la lourde table de nuit métallique à côté de son lit et d'un large moulinet, il fit sauter la tête de la chose en blanc.

Maintenant, sortir... Sortir d'ici ! Vite !

Marco s'empara du pied de perfusion ; la grande tige métallique lui assurait vaguement de quoi se défendre. Il se précipita hors de la chambre. Dans le couloir, quatre ou cinq autres créatures semblables à la précédente détalaient avec les mêmes cris suraigus.

Une arme... Il lui fallait une arme ! Même si ces créatures cauchemardesques semblaient se mouvoir avec une surprenante lenteur, il était clair qu'elles avaient voulu le tuer, dans cette espèce de chambre-piège-tombeau.

Il s'avança prudemment dans le couloir. Une sorte de grosse chenille verticale vêtue d'un pyjama vert sortit lentement d'une des chambres. Elle ne paraissait pas particulièrement agressive, mais Marco n'hésita pas ; le pied de perfusion la coupa quasiment en deux.

Devant Marco, un escalier semblait mener à un étage inférieur : la sortie ? Il fallait qu'il trouve la sortie ! Il descendit avec précaution, tous ses sens aux aguets. Bien lui en prit : une grosse chenille vêtue d'un uniforme bleu était apparu au bas de l'escalier, pointant sur lui, au bout d'un appendice grêle, un pistolet-mitrailleur dernier modèle. La rapidité avec laquelle Marco échappa à la rafale le surprit lui-même : il lui sembla même pouvoir suivre des yeux la trajectoire des balles. Il n'attendit pas la seconde rafale. Il plongea dans l'escalier, la tête la première. La tige du pied à perfusion traversa la chenille bleue de part en part, avec un bruit de glouglou obscène. L'appendice grêle lâcha le pistolet, que Marco rattrapa au vol avant qu'il ne touche le sol.

Maintenant, il avait quoi se défendre. Les monstres qui voulaient sa peau allaient voir ce qu'ils allaient voir ! Il prit le couloir à droite, pointant son pistolet-mitrailleur. Il entendit alors dans son dos une sorte d'appel guttural. Il se retourna d'un bloc : une énorme créature en blouse blanche bouchait presque tout le couloir. Le monstre était armé ; un revolver moderne, mais l'arme n'était curieusement pas pointée sur lui. Les deux bras étaient levés vers le plafond et on aurait dit que le... la chose... voulait communiquer... Marco hésita un quart de seconde ; de l'orifice ouvert au milieu du ballon qui servait de tête sortait un son rauque... sur un mode répétitif... ça se terminait en « O ».

Marco ne voulut pas prendre de risque ; sa rafale coupa quasiment le monstre en deux. Ce n'est que lorsque la grosse créature s'écroula que Marco réalisa qu'elle répétait son nom... « Marco !»... Pourquoi ?

Stefan se trouvait au troisième étage dans une chambre de son service : c'était l'un des deux jours qu'il devait encore à l'Hôpital central. Il avait entendu les cris, et puis les coups de feu. Il sortit en trombe, s'assurant que son arme était bien à sa place, dans son étui de ceinture.

Des infirmières hurlantes remontaient du second. Stefan, Blandine et Émilie tentèrent de les calmer et de comprendre ce qui se passait. Une jeune stagiaire de l'étage du dessous, où se trouvait le service de Thomas Girard, le pneumologue, tenta en pleurant de leur expliquer : « C'est le 35 !... Marco Bordache : c'est un jeune que l'on avait hospitalisé pour un coma éthylique. Mais on ne pensait pas qu'il allait se réveiller si tôt ; il avait une alcoolémie de plusieurs grammes ! »

Stefan la pressait ;

— Il est resté combien de temps dans le coma ?

— Trois jours...

— Et vous lui avez donné son qât ?

— Non, ce n'était prévu que pour aujourd'hui, je vous ai dit ; on ne pensait pas qu'il se réveillerait si vite !

— Pas de qât pendant trois jours, bon Dieu ! Et qu'est-ce qui s'est passé ? Stefan commençait à subodorer le pire.

— C'est... incompréhensible ! Il a arraché ses sangles !

— Des sangles comment ?

— Ben, les sangles en cuir.

Stefan explosa :

— Mais ce sont des chaînes qu'il faut pour les crises de manque de qât ! Pas des sangles en cuir !

La stagiaire ouvrit des yeux ronds :

— Vous croyez que c'est une crise de manque de qât ?

— Continuez à me raconter !

— Et bien, quand Michelle... c'est ma collègue... est entrée dans la chambre, le malade a hurlé, il a arraché ses sangles et a frappé Michelle avec la table de nuit... et...

— Et quoi ?

Les sanglots de la jeune fille redoublèrent.

— ... Il lui a arraché la tête !

— Et puis ?

— Et... Et puis il est parti dans le couloir, il se déplace à une vitesse... incroyable ; il a tué un malade qui sortait de sa chambre, et puis il a réussi à prendre l'arme d'un des gardes... Après, je ne sais plus... Mais comment... ?

— Comment il peut faire ça ? Mais, bon Dieu, on ne vous a pas encore appris que le manque de qât déclenche des visions cauchemardesques, et dans le même temps, induit de telles décharges hormonales qu'elles sont capables de multiplier par deux ou trois la force physique et la vitesse de réaction ? En fait, c'est une espèce de chant du cygne, car ces décharges épuisent l'organisme en trois ou quatre heures... Au bout du compte, c'est la mort.

— Oui, mais trois ou quatre heures, c'est plus qu'il n'en faut pour tuer des dizaines de personnes, remarqua Blandine.

— Tu as raison, il faut que j'y aille...

Blandine lui prit le bras.

— Fais attention, Stefan...

Stefan lui jeta un regard un peu étonné ; c'était l'une des premières fois qu'elle le tutoyait directement sans hésiter.

Stefan plongea dans l'escalier ; il s'avança avec précaution dans le couloir du second. Là-bas, au fond, il distingua au sol une forme blanche. Il s'approcha. Thomas Girard agonisait. La rafale horizontale du pistolet-mitrailleur avait perforé le foie et la rate. Stefan comprit au premier coup d'œil. Thomas respirait encore.

— Thomas, tiens le coup ! On va te sortir de là !

Thomas eut un petit sourire triste et souffla :

— Tu rigoles ?...

Il grimaça :

— Avec le nombre de pruneaux que j'ai récupéré dans le buffet ?

Stefan regarda l'arme que tenait toujours Thomas.

— Tu n'as pas pu le descendre ?

— J'aurais pu... Stefan... J'aurais pu, il... il me tournait le dos...

— Et tu n'as pas tiré ?

— Non...

— Mais pourquoi ? Pourquoi tu... ?

— Pourquoi ? C'était mon malade, Stefan, tu comprends, mon malade... Je... je n'ai pas...

Sa tête retomba.

Stefan serra les dents. Il s'empara du revolver de Thomas. Une arme dans chaque main, il descendit.

Il n'y avait plus âme qui vive dans le grand hall... Plus âme qui vive mais une bonne douzaine de cadavres criblés de balles.

Là-bas, une silhouette en pyjama blanc, couverte de sang, secouait comme un damné les lourdes portes de bronze qui s'étaient bloquées automatiquement.

Marco entendit Stefan arriver ; avant que ce dernier ait pu réagir, Marco s'était baissé, avait ramassé le pistolet-mitrailleur et avait appuyé sur la gâchette... Mais l'arme était vide.

Stefan n'hésita pas ; les deux bras tendus, sans cesser d'avancer, il vida les deux chargeurs.

Blandine arrivait. Elle se pencha sur le cadavre de Marco et se retourna vers Stefan.

— J'avais souvent entendu parler des crises de manque, mais je n'en avais encore jamais vues. C'est toujours comme ça ?

— Non, c'est souvent pire, laissa tomber Stefan.

17

Le secrétaire général de l'hôpital de l'Île, un petit homme fluet à grosses lunettes, ouvrit la porte et s'effaça pour laisser passer Stefan.

— Vous savez, docteur, je suis vraiment désolé ; mais nous n'avons pas eu beaucoup de temps ! Et nous ne pouvions pas disposer de l'appartement du docteur Achab ; son épouse l'habite encore avec ses deux jeunes enfants. Mais je vous promets que dès que je trouve quelque chose de mieux, j'organise votre déménagement ! et sans délai !

Stefan réprima un sourire. Le secrétaire général ne devait pas mettre souvent les pieds en dehors de l'Île, et il ne devait pas avoir la moindre idée du misérable réduit qu'occupait Stefan à côté de l'Hôpital central !

Ils entrèrent ; Stefan eut du mal à estimer la surface du trois-pièces qu'on venait de lui attribuer : cent mètres carrés ?... cent vingt ?... plus ? En tout cas, tout semblait flambant neuf. Le mobilier était sobre et de bon goût et les murs blancs-beiges n'attendaient que quelques tableaux ou gravures. Dans ce qui paraissait être destiné à servir de salon, il repéra que le parquet était ancien, mais remarquablement entretenu. Dans les deux chambres (pourquoi deux ?), la moquette était si épaisse que l'on aurait pu coucher par terre. Stefan marqua un temps d'arrêt dans la cuisine. Il n'avait pas la moindre idée de l'utilité de la plupart des appareils en place. Le secrétaire s'en rendit compte :

— Nous avons mis à votre disposition les appareils ménagers les plus modernes. Les modes d'emploi sont ici.

Le petit homme ouvrit un grand tiroir, qui débordait de brochures et de documents divers.

Stefan sourit ;

— Et bien, en plus de mon « reformatage » médical, il va falloir que je suive une formation accélérée de cuisinier !

Le secrétaire général sursauta ;

— Vous n'y pensez pas, Docteur, personnellement, vous n'aurez pas à vous servir de tout cela, sauf bien sûr si cela vous amuse ; la mise à disposition d'une cuisinière et d'une femme de ménage est prévue dans votre contrat !

Le contrat... Stefan pensa au rendez-vous de ce matin, où on lui avait fait signer ce fameux contrat. Il avait relu trois fois, incrédule ; son salaire avait été multiplié par dix... C'était vraiment un autre monde, ici !

Il s'approcha de la fenêtre ; de son quatrième étage, il avait une vue superbe sur la moscathédrale. Il calcula mentalement la distance ;

— Dites, je ne suis pas à plus de deux cents mètres de l'hôpital ; c'est fabuleux de pouvoir aller travailler à pied.

— A pied ? Mais voyons, Docteur, vous n'y pensez pas ! Un chauffeur vous attendra tous les matins et tous les soirs.

Stefan écarquilla les yeux.

— Un chauffeur ? Avec une voiture, pour deux cents mètres ? Mais je peux marcher !

— Bien sûr que vous pouvez marcher, mais vous avez un rang à tenir, Docteur ! Ici, tous vos collègues ont un chauffeur particulier.

— Mais si je veux marcher ?

Le petit homme fluet fit la moue ;

— Vous pouvez, certes, ce n'est pas interdit, mais...

— Mais quoi ?

— Mais je pense que cela serait mal vu par vos collègues. Ici, vous faites partie de l'élite, et l'élite ne se promène pas à pied, même dans l'Île, sauf à titre totalement privé et sur de très petites distances...

Stefan sourit intérieurement ; il repensait à ses pérégrinations pédestres dans les quartiers peu sûrs de la capitale... S'il savait ça, l'autre en avalerait son attaché-case ! Stefan se retourna vers le secrétaire ;

— Et pour le qât ; où se trouve la boutique la plus proche ?

L' interpellé eut l'air surpris.

— Une boutique ?

— Oui, une boutique de qât, reprit Stefan un peu agacé de devoir répéter.

— Mais il n'y en n'a pas !

— Hein ? Il n'y a pas de boutique de qât ! Mais alors, comment...?

— Le qât frais, originel, vous est livré personnellement tous les matins. Cela aussi est garanti dans votre contrat ! Il faut dire que le document est vraiment très épais ; vous avez dû manquer quelques alinéas.

Décidément, Stefan se dit qu'il avait atterri sur une autre planète.

— Mais avec la distance depuis... le Yémen, il n'y a jamais de risque pour que le qât du jour n'arrive pas ?

— Nos appareils volants sont hypersécurisés et le qât arrive par plusieurs vols, dont chacun peut assurer toute la consommation de l'Île.

— Ah bon ? Mais cela fait un gigantesque gâchis !

— C'est le prix de la sécurité. Avec ce système, nous n'avons jamais eu à déplorer le moindre début d'état de manque dans l'Île depuis le Grand Tournant. On n'est jamais trop prudent, vous savez, il paraît que l'état de manque de qât est particulièrement...

Stefan l'interrompit sèchement :

- Je sais...

18

« Le qât a augmenté ! »

La nouvelle se propagea comme une traînée de poudre dans la queue qui attendait devant le magasin d' Hugo.

— Le qât a augmenté !

— Encore ? Mais c'est pas possible ? De combien ?

— J'ai pas bien entendu, trois pour cent, je crois...

— Mais non, pas trois, trente pour cent !

— Trente pour cent ! Mais ils sont fous !

— Moi, je vous promets que Hugo va m'entendre !

— Mais ce n'est pas Hugo ! Il paraît que c'est pour augmenter la prime de risques des convoyeurs.

— Mais elle a déjà triplé en six mois, la prime de risques des convoyeurs ! On se fiche de nous !

Une petite vieille dame toute maigre s'intercala.

— Mais comment je vais faire, moi ; le qât me coûte déjà la moitié de ma pension ; avec quoi je vais vivre ?

Le grand gaillard devant elle se retourna ;

— Qu'est-ce que vous voulez qu'on fasse ? Ils nous tiennent par les couilles ! Ils savent parfaitement qu'on ne peut pas se passer de qât !

Son voisin, le bonnet vissé sur la tête et les mains enfoncées dans les poches, lâcha :

— Et c'est qui, « ils » ? Tu penses que c'est que les convoyeurs ? Moi je dirais bien que c'est l'État qui profite du qât pour se récupérer des impôts déguisés ; il parait qu'il y a plus de quatre-vint-cinq pour cent de taxes sur le qât ...

— Mais tout ça, c'est du pareil au même ! De toutes façons, la guilde des convoyeurs a largement infiltré les Dirigeants : tout le monde sait ça !

— Faudrait quand même faire quelque chose ! Vous en pensez quoi, Monsieur ?

— Euh... moi ?

Stefan n'avait que très vaguement suivi la discussion. Il faut dire qu'il avait un peu de mal à se faire à sa double vie et passait de plus en plus de temps complètement perdu dans ses pensées, que ce soit d'un côté ou de l'autre des grandes murailles d'acier.

Il essaya de donner le change.

— Eh bien, il faudrait peut-être faire savoir que ...

Les autres, intrigués, s'étaient tus pour l'écouter.

— Faire savoir que quoi ?

Et bien, qu'on n'est pas d'accord...

Le grand gaillard croisa le regard de son comparse et partit d'un énorme éclat de rire.

— Ou bien Monsieur fait partie des Pasdarans, ou bien il est suicidaire !

Stefan jugea qu'il était plus prudent de faire machine arrière.

— Vous avez raison, c'est idiot... Mais il faut dire que ce n'est pas juste.

La petite vieille dame renchérit :

— C'est ça, ce n'est pas juste, et à moi, cela me laisse juste le choix entre mourir de faim et mourir de manque de qât.

« Manque de qât », Stefan repensa à Thomas, vidé de son sang... Et à l'autre, le Marco qu'il avait dû descendre... Il serra les dents.

La file n'avançait pas vite. Les clients cherchaient à marchander, ou bien ils n'avaient pas pris assez de dolos, mais Hugo restait ferme sur les prix, au propre comme au figuré, et les six gardes de service ce jour-là n'avaient pas vraiment des têtes à rigoler.

L'esprit de Stefan en profita pour vagabonder. En fait, il avait beaucoup de chance : cinq jours sur sept, ceux qu'il passait dans l'Île, on venait frapper à sa porte de bon matin pour lui remettre -gratuitement- son qât quotidien... Il s'était vite fait à ce qât originel arrivant quasi miraculeusement de l'Orient, à tel point que celui d' Hugo lui paraissait maintenant plutôt fade et un peu bizarre...

Mais pour les deux jours qu'il passait hors de l'Île, et qu'il devait encore à l'Hôpital central, il n'avait guère le choix... Il fallait qu'il se contente du qât national génétiquement modifié ; celui que les gens de l'Île appelait le

« néo-qât », avec une pointe de commisération et un sourire entendu. Le problème de Stefan, c'était qu'il n'avait pas encore compris pourquoi dans l'Île on parlait du néo-qât avec ce « sourire entendu »...

Stefan était arrivé devant Hugo.

— Tiens, c'est toi, Stefan ?

— Ben oui, c'est moi, pourquoi tu... ?

— Parce que tu me fais des infidélités, après cinq ans...

— Moi, pas du tout !

— Tu te fiches de moi ? Tu ne viens plus que de temps en temps ; tu as trouvé mieux comme fournisseur ?

Stefan se sentit devenir d'une jolie couleur pivoine. Il avait complètement oublié que le fait de ne pas acheter de qât cinq jours sur sept le faisait immédiatement repérer...

— Hugo... je ne... je te jure que ...

— Ne jure pas, Stefan, après tout, je ne t'ai jamais fait signer de contrat d'exclusivité ! N'empêche, c'est pas sympa ! Tiens, voilà ton sachet ; c'est soixante-dix dolos !

Stefan fit glisser les billets sur la table et se sauva comme un voleur. Après tout, il était certainement moins dangereux pour lui qu'Hugo pense qu'il allait se fournir ailleurs...

Le grand gaillard le rattrapa alors qu'il sortait de la boutique et qu'il mettait sa boule de qât dans la joue droite.

— Attention à la tête !

— Hein ?

— Je dis « attention à la tête » !

— Pourquoi ?

— A chaque fois qu'il y a des augmentations du qât, cela galvanise les tireurs de qât ; et on raconte que certains sont tellement pressés et excités qu'ils décapitent vite fait les pauvres bougres sortant des boutiques pour leur faucher dans la bouche leur boule de qât encore fraîche ! Alors, essayez de garder la tête sur les épaules, mon vieux ! fit le grand gaillard en balançant une bourrade à renverser un bœuf dans l'épaule de Stefan.

19

Stefan apprenait vite.

Au bout de trois semaines de formation, le vieux docteur Sarkis jugea qu'il était temps d'organiser pour son
élève une visite détaillée des services hospitaliers avec
lesquels il allait devoir travailler.

Ils commencèrent par la radiothérapie, cette technique de traitement du cancer par les rayons qui avait
totalement disparue des hôpitaux généraux en dehors
de l'Île.

Il sembla à Stefan qu'ils descendaient dans les entrailles de la Terre... Joseph Sarkis lui expliqua que pour
des raisons évidentes de protection contre les rayons,
les services de radiothérapie avaient toujours été
construits, depuis des lunes, au plus profond des sous-
sols.

De fait, le service de radiothérapie de l'hôpital de l'Île
se situait au cinquième sous-sol ! La porte de l'ascenseur (en l'occurrence, il aurait plutôt fallu parler de
« descenseur ») s'ouvrit sur un vaste espace copieusement éclairé : une salle d'attente aux allures de salon de
club anglais d'antan, pourvue de larges fauteuils de cuir,
décorée de plantes qui ne paraissaient pas artificielles,

et agrémentée de plusieurs écrans de télévision proposant des programmes variés. Dans ce large espace, n'attendaient que deux patients, qui ne paraissaient d'ailleurs pas très malades et qui mastiquaient tranquillement leur qât.

Stefan ne put s'empêcher d'avoir une pensée pour les salles d'attente décrépites et bondées de l'hôpital central.

Un médecin un peu rondouillard, au crâne dégarni et au grand sourire candide, vint à eux les bras ouverts.

— Joseph ! Ça alors ! Cela fait un bail !

— Salut, Omer, tu vas bien ?

— Bien sûr que je vais bien ! Tu doutes des effets de l'hormésis, peut-être ?

— Je ne me le permettrais pas !

Joseph Sarkis désigna Stefan :

— Omer, je te présente le docteur Stefan Kemansky, que je forme en version accélérée pour remplacer ce pauvre David. Stefan, c'est le docteur Omer Vidal, le patron du Service de radiothérapie.

— Bienvenue à bord, Docteur Kemansky.

Stefan trouva la poignée de main solide, franche et directe.

— Vous pouvez m'appeler Stefan ...

— D'accord, Stefan. Je suppose que vous venez visiter notre antre ? Par quoi voulez-vous commencer ?

— Peut-être par me dire ce que c'est que l'« Horbésis »...

Le docteur Vidal éclata de rire et se tourna vers le mentor barbu de Stefan.

— Je vois que tu n'as pas encore terminé ta formation, Joseph ! L' « Hormésis » et non l' « Horbésis », c'est l'action bénéfique des très faibles doses de radiations. En fait, vous savez, c'est davantage une blague entre Joseph et moi. Les Anciens pensaient que les très faibles doses de rayons pouvaient avoir dans certains cas des effets positifs... Bon, et si on en revenait à nos moutons, c'est-à-dire aux doses des milliers de fois supérieures que nous devons balancer à nos pauvres malades pour les guérir de leur saloperie de cancer ? Venez, je vais vous montrer nos bébés.

Omer Vidal s'adressa à une technicienne brune aux cheveux courts.

— Chantal, on a une salle de traitement de libre ?

— Oui, la numéro deux ; on n'a personne en traitement pour le moment.

— On y va ! Omer les entraîna.

Ils pénétrèrent dans une nouvelle salle.

— Ici c'est la salle de commande.

De nouveau un large espace, une bonne demi-douzaine d'écrans d'ordinateurs, et une énorme porte blindée avec des allures de coffre-fort de banque. Omer posa la main sur une sorte de boîtier à gauche de la porte.

Lentement, majestueusement, le lourd vantail tourna sur ses gongs. Les trois hommes entrèrent dans une sorte de chicane où une large baie ouvrait sur la droite sur une forêt où voletaient des oiseaux multicolores. Stefan eut un sursaut de surprise.

Joseph Sarkis sourit :

— Pas mal, nos projections 3D, non ?

— C'est... une projection ?

- Stefan, je ne sais pas si vous avez remarqué, mais nous sommes au cinquième sous-sol ; il n'est pas fréquent de trouver une forêt tropicale à cette profondeur, et en plus sous cette latitude !

Stefan se mordit les lèvres. Il avait une fois de plus raté une bonne occasion de se taire.

Au sortir de la chicane, ils débouchèrent dans un énorme espace, encore plus haut de plafond que les précédents.

La moitié de la grande pièce, cette moitié où ils venaient de pénétrer, était de forme normale, vaguement cubique, mais la seconde moitié, en face d'eux, laissa Stefan pantois.

Une sorte de lit hypersophistiqué, dont le pied était tourné vers lui, semblait s'enfoncer dans l'axe exact d'un gigantesque cylindre blanc de près de quatre mètres de diamètre. Juste au-dessus du « lit », s'abaissait comme un gros canon blanc. Omer Vidal s'était saisi d'un télémanipulateur ; l'ensemble du cylindre, soit tout le fond de la salle se mit à tourner autour du lit, en fait « la table de traitement », fut-il expliqué à Stefan. Le canon, solidaire du cylindre, tournait avec le tout. Le docteur Vidal semblait assez fier de son « bébé » ;

— Voilà l'une de nos trois machines ; appareils de protonthérapie de dernière génération !

- Des protons ?

— Eh oui ! Des protons ! le nec plus ultra ! la crème de l'élite de nos techniques !

Le Chef du Service de radiothérapie arborait un large sourire béat. Stefan ne put s'empêcher de poser la question qui le démangeait :

— Et ça marche ?

Un éclair de surprise passa dans le regard d'Omer, qui finit par éclater de rire :

— Si ça marche ! Plutôt, oui ! Disons de l'ordre de quatre-vingt à quatre-vingt-dix pour cent de « contrôle local », comme on dit, c'est à dire de stérilisation complète de la tumeur : pas mal, non ?

- Mais alors, pourquoi n'a-t-on pas ces machines dans tout le reste du pays ?

Là, c'est une expression un peu éberluée qui figea le visage d'Omer. Sans dire un mot, il se tourna vers Sarkis. Celui-ci eut un petit sourire triste.

— Ne te frappe pas, Omer, il faut que je t'explique : Stefan vient de l'Hôpital central...

L'expression éberluée d'Omer fit place à un rictus qui mêlait de la pitié -beaucoup- et du dégoût -un peu-...

— Je vois... finit-il par articuler

Sarkis continuait :

— Il ne faut pas en vouloir à Stefan, venant d'où il vient, il a un peu de mal à se faire à notre médecine à deux vitesses !...

Il se retourna :

— Ce qu'Omer ne vous a pas dit, Stefan, c'est le prix de ces engins ; de l'ordre de soixante millions de dolos, et en plus il faut compter environ dix millions pour les bunkers qui les abritent. On peut calculer assez facilement à combien s'élèverait la facture s'il fallait équiper tout le pays !

Stefan fronça le nez.

— Vous voulez dire que l'on a délibérément limité le nombre de ces machines, en les réservant aux... aux... Stefan s'arrêta ; il sentait qu'il allait peut-être un peu trop loin.

— Aux élites de notre Nation, termina pour lui le vieux docteur à barbe blanche. C'est exact, Stefan, et nous n'avons pas à en rougir. Je vous explique ; ces machines à protons furent mises au point un peu avant le Grand Tournant. Juste après le Tournant, nos Dirigeants, qui je vous le rappelle héritaient d'un pays totalement ruiné par la Crise financière, se retrouvèrent devant des choix certes déchirants, mais nécessaires. La priorité, c'était clairement, et sans discussion possible, pour assurer la paix sociale, d'implanter les arbustes de néo-qât dans le maximum de terres cultivables ; la priorité, c'était de mettre en place, à partir de rien, et de sécuriser au mieux, les circuits de distribution du qât. Cette gageure, rappelez-vous, a été réussie en seulement trois ans. Je vous le redis, il fallait choisir, et tout choix est un renoncement. Un renoncement à... autre chose. Équiper le pays de machines de ce type, tout comme introduire les dernières chimiothérapies ou autres traitements modernes, aurait retardé d'au moins deux à trois ans l'introduction, la production et la mise à disposition du peuple de son qât quotidien : vous avouerez que c'était inenvisageable !...

Stefan hocha vaguement la tête, ce qui put passer pour un signe d'acquiescement, mais il commençait à bouillonner intérieurement. Ce n'était pas pour ça, pour cette médecine à géométrie variable, qu'il avait choisi ce métier.

20

Les malades manquaient à Stefan. Au bout d'un mois de travail intensif avec Joseph Sarkis, il sentait qu'il en savait assez pour reprendre son rôle auprès des patients.

Le vieux mentor accepta de bonne grâce que Stefan commence progressivement à prendre en charge son futur service. Il faut dire que la décision de Joseph Sarkis avait été facilitée ; d'abord par la vitesse avec laquelle Stefan intégrait sa « nouvelle » médecine et puis aussi, il faut bien le dire, par le fait que le Service de cancérologie de l'hôpital de l'Île, confié temporairement à un médecin junior complètement dépassé par les événements, ne donnait guère satisfaction (c'était un euphémisme) au directeur, le tout-puissant Professeur Sormann.

Alors Stefan avait découvert, non sans quelques nouvelles surprises, le service qui lui était destiné. De quoi estomaquer tout médecin de l'Hôpital central, habitué aux salles communes sombres et délabrées, à l'hygiène plus que rudimentaire, et où s'entassait pêle-mêle une bonne centaine de malades !

Le futur service de Stefan ne comptait que vingt lits ; des chambres individuelles spacieuses et lumineuses, sobrement mais richement décorées. Chacune comprenait en annexe un petit salon susceptible de se transformer en chambre jumelle pour un membre de la famille. Bien entendu, plusieurs écrans de télévision étaient disponibles, ainsi qu'un mini bar abondamment approvisionné. La salle de bain comprenait baignoire, douche et WC indépendant. L'ensemble avait davantage des allures d'hôtel de luxe (du moins pour ce que Stefan pouvait s'imaginer des hôtels de luxe...) que d'une chambre de malade.

Le poste de soins était à l'avenant ; près de cent mètres carrés pour les six infirmières.

A la première visite, une petite pièce vitrée intégrée dans le poste de soins attira l'attention de Stefan ;

— C'est quoi, ici ?

Le docteur Sarkis parut un peu surpris de la question.

— Mais... ce sont les hottes...

— Les hottes ?

— Oui, les hottes aspirantes ; là, au-dessus des plans de travail ; vous n'avez pas ça à l'Hôpital central ?

— Pas vraiment. Et ça sert à quoi ?

— Stefan, vous savez bien que certains produits de chimiothérapie anticancer sont toxiques, et qu'il vaut mieux ne pas trop en inhaler ! Alors, quand on doit préparer les perfusions, ou les injections, on entre dans cette pièce, on enfile une combinaison étanche, et on travaille sur ces tables, là, situées au-dessous des grandes hottes qui aspirent toutes les vapeurs potentiellement toxiques.

Stefan eut une pensée pour Blandine et ses collègues préparant les chimiothérapies à l'air libre sur un coin de table branlante et poussiéreuse, sans même un masque de protection...

Un médecin à l'allure très juvénile avait fait son apparition dans le poste de soin.

— Ah, Stefan, je vous présente Rudolph Brenner ; c'est lui qui devait succéder à David Achab, mais beaucoup plus tard... Rudolph, le docteur Stefan Kemansky.

Le jeune homme tendit à Stefan une main mal assurée. Rudolph bégayait un peu :

— Je... je ne suis pas... pas mécontent de vous voir arriver ! J'étais... J'avais à peine commencé ma formation en cancérologie ; ce service est beaucoup trop lourd pour moi... Si vous... vous saviez !

Cette entrée en matière était une façon pudique d'évoquer le savon homérique qu'il s'était pris la veille au soir par le directeur, qui lui avait reproché sans ménagement ses insuffisances et le retard chronique à la mise en traitement de ses malades.

Stefan serra la main du jeune homme.

— Si vous voulez, à partir de demain, on peut faire la visite ensemble ?

Le visage du jeune médecin s'éclaira.

— Bien sûr ! Bien sûr, c'est... ce serait... avec... avec plaisir !

Joseph Sarkis s'intercala avec un sourire.

— Stefan, n'oubliez quand même pas qu'il vous reste quelques cours à finaliser avec moi...

— Je n'oublie pas ! Mais les malades passent d'abord, non ?

Stefan récupéra une blouse. Il nota qu'elle était impeccablement coupée et juste à sa taille ; ceci changeait agréablement des blouses maculées de « tâches propres » de l'Hôpital central, où on ne lui donnait le choix qu'entre des « small » avec lesquelles il parvenait à peine à bouger les bras, et des « XXL » qui le faisaient ressembler à une sorte de clown grotesque...

On l'équipa d'un dosimètre électronique, chargé de mesurer une éventuelle irradiation ainsi qu'un détecteur, tout aussi électronique, de vapeurs nocives. Le docteur Sarkis lui expliqua que tous ces contrôles étaient constamment négatifs, mais que cela faisait partie des règles de sécurité de l'hôpital de l'Île.

Ils commencèrent la visite. Dans la première chambre, un patient un peu enrobé était en train de faire disparaître un copieux petit déjeuner. Le malade paraissait plutôt en bonne forme. Le jeune Rudolph s'enquit de ses douleurs :

— Mes douleurs ? Disparues, mes douleurs ! Je ne me suis jamais senti aussi bien ! Dites, docteur, je sors quand ?

— On va en... en discuter avec... avec mes collègues...

Ils sortirent de la chambre. Le jeune Rudolph sortit de sa poche une sorte de tablette qui s'illumina. Il pianota dessus et le dossier du malade s'afficha. Stefan avait déjà vu l'instrument, mais parvenait encore mal à cacher sa perplexité devant les performances de l'engin.

— Voilà ; il... il a un cancer du rein métastatique...

Stefan redevint professionnel et demanda de façon réflexe :

— Métastatique, où ?

— Oh ! Par... partout ! Il en a dans les deux poumons, le foie et... et les os ; ce sont les os qui le faisaient souffrir.

— Et il ne souffre plus avec le qât et la morphine ?

Non, non pas du tout ; enfin le qât, bien sûr, mais il n'a pas... pas de... de morphine...

Stefan s'étonna :

— Pas de morphine ?

Joseph Sarkis vint au secours du jeune Rudolph.

— Non, on n'en a plus besoin dans son cas ; notre nouvel antiangiogénique se révèle très efficace !

— Le... les nouveaux traitements qui ciblent les vaisseaux de la tumeur ?

— C'est ça ; c'était mon cours numéro seize de la semaine dernière et je suis heureux de constater que vous l'avez mémorisé ! La tumeur devient incapable de fabriquer les vaisseaux sanguins qui doivent la nourrir, et elle meurt en quelque sorte affamée et asphyxiée...

— Et c'est aussi efficace que cela ?

— Dans beaucoup de cas, comme celui-ci, c'est spectaculaire ! Par contre, j'anticipe immédiatement sur votre question suivante, Stefan : ce traitement coûte horriblement cher ! Donc...

— Donc, il est réservé à l'élite ?

Sarkis fronça les sourcils ;

— Pas de mauvais esprit, Stefan s'il vous plaît. Vous pouvez vous permettre ça avec moi, mais évitez ce genre de réflexion... ailleurs. Certaines oreilles n'aimeraient pas entendre cette prise de position... Vous comprenez ?

Stefan regarda le bout de ses chaussures :

— Je crois que je comprends ...

Le jeune Rudolph jugea opportun de faire dévier la conversation.

— Le... le patient dans la seconde chambre devrait... vous... vous intéresser ! C'est une tumeur assez rare : moi, c'est... c'est le second que... je... je vois.

Stefan s'était retourné vers son jeune collègue :

— Ah bon ? C'est quoi ?

— Une maladie de Hodgkin !

Le cœur de Stefan s'accéléra.

21

En grimpant la grande volée de marches qui menait à la synagogue, Stefan se remémorait que le grand bâtiment blanc, qui lui évoquait irrésistiblement, depuis sa jeunesse, une pièce montée meringuée pour mariage de campagne, n'avait pas toujours été une synagogue.

Avant le Grand Tournant, ce gros machin blanchâtre avait été une basilique, dédiée au catholicisme. Stefan fouilla dans sa mémoire ; il avait même su son nom, dans le temps ; le « Cœur Sacré », ou bien le « Sacré Cœur », ou quelque chose dans le genre. Juste après le Grand Tournant, les trois religions du Livre, judaïsme, catholicisme et islam s'étaient réparties les lieux de culte le plus équitablement possible. Initialement, la moscathédrale de l'Île devait accueillir les trois cultes, mais les israélites n'avaient pas souhaité partager le vieil édifice qui remontait au Moyen-Âge. Alors, on leur avait laissé la basilique tarabiscotée qui trônait sur la colline du nord de la capitale. S'il n'appréciait pas vraiment l'architecture de la construction, Stefan ne se lassait pas de la vue panoramique que l'on avait sur la ville depuis le parvis de la synagogue. Il pouvait apercevoir le haut des deux grandes tours de la moscathédrale, et même certains toits des habitations de l'Île, entourée de ses hauts murs d'acier qui reflétaient le soleil. Par contre, on ne voyait strictement rien, même depuis ce point de vue élevé, de ce qui se passait dans les rues. Stefan se dit que c'était plutôt une bonne chose. Le commun des mortels n'aurait probablement pas apprécié l'étalage de luxe des rues de l'Île, qui tranchait de façon criante avec la vacuité quasi totale des magasins et le délabrement généralisé de la plupart des quartiers de la capitale...

Mais ce n'était pas pour admirer le paysage que Stefan montait la grande volée de marche.

Il avait rendez-vous.

Il avait pensé que la meilleure façon de ne pas trop se faire remarquer était de simuler un rendez-vous amoureux avec Blandine. Il sourit à l'idée de jouer ainsi le rôle de l'amoureux transi. En fait, « transi » peut-être pas, mais « amoureux », après tout, pourquoi pas ?...

Après qu'il eût abattu le jeune Marco en pleine folie meurtrière de manque de qât, Blandine, d'un geste naturel, avait posé sa main sur le bras de Stefan. Ce n'était pourtant pas un geste d'un érotisme torride, mais il avait fait l'effet d'une décharge électrique remontant de son bras jusqu'à la poitrine, et plusieurs jours plus tard, il lui semblait encore ressentir cette sensation bizarre mais pas vraiment désagréable.

Il arriva sur le parvis et se retourna. La ville était resplendissante sous le soleil. Un hélicostationneur passa au-dessus de sa tête et alla se poser sur l'un des grands disques qui surmontaient plusieurs des bâtiments de l'Île. La livraison de qât originel, pensa Stefan, qui du coup passa sa boule de qât de la joue droite à la joue gauche. Il obliqua vers la droite, vers le vieux bistrot dont la grande terrasse surplombait la capitale. Au bas, on devinait le funiculaire, un curieux wagon trapézoïdal, mi-tramway, mi-ascenseur, qui permettait de monter la pente raide de la colline à cet endroit : qui « permettait »... Autant qu'il pouvait se souvenir, Stefan ne l'avait jamais vu fonctionner, et actuellement le wagon et ses rails disparaissaient presque complètement sous les mauvaises herbes, le lierre et la vigne vierge. Stefan gagna la terrasse et s'assit à une table tout près de la rambarde. Il était en avance... D'au moins une demie-heure. Du coup, il s'abandonna à la contemplation de la capitale, cherchant à identifier tel ou tel bâtiment, ou telle ou telle église. Là-bas, presque dans l'axe de la moscathédrale, c'était le Panthéon. Stefan sourit intérieurement en pensant à la versatilité de l'Histoire. Le Panthéon avait été construit pour abriter les restes des hommes -et de quelques femmes- illustres. Mais comme la définition de « illustres » s'était assez considérablement modifiée lors du Grand Tournant, la quasi-totalité des restes des « illustres» en place « avant » avait été déménagée (pour les plus chanceux) ou jetée dans des décharges publiques (pour ceux qui l'avaient été moins...). Les places avaient été prises par de nouveaux « illustres » au premier rang desquels Mahmoud El-Akbar, l'éminent scientifique qui avait introduit le qât génétiquement modifié (le fameux néo-qât) dans notre vieille Europe.

— Vous êtes en avance !

Stefan sursauta et faillit tomber de sa chaise.

Blandine éclata de rire.

— Eh bien, je ne pensais pas vous faire un tel effet !

Elle portait une robe blanche toute simple, serrée à la taille, qui s'arrêtait juste au-dessus du genou. Dans le

soleil, elle était superbe. Stefan sentit son cœur s'accélé-
rer et, déformation professionnelle, se diagnostiqua une
« tachycardie paroxystique post-stress ».

Il reprit rapidement :

— Tu pourrais quand même me tutoyer ! On est
censé ...

- Avoir un rendez-vous d'amoureux, je sais. Vous...
elle regarda autour d'elle... tu es certain que l'on ne
risque rien ici ?

— En plein air, et à condition de ne pas hurler, on
devrait être tranquille.

— Espérons... c'est quoi ça ?

Blandine désignait le paquet enrubanné posé sur la
table. Stefan sourit :

— Un cadeau.

Blandine leva un sourcil.

— Vous... Pardon, *tu* as poussé le souci du détail
jusqu'à apporter un faux cadeau ?

Stefan réagit vivement.

— Mais ce n'est pas un faux cadeau !

— Ah bon : un bijou, alors ? Un éclair de malice
brillait dans les yeux de Blandine.

— Non... je... j'aurais bien voulu, mais je crois que ce
cadeau-là te sera plus utile dans l'immédiat.

— On peut en savoir plus ? Tu m'intrigues.

Stefan regarda furtivement autour de lui, allongea
doucement la main droite vers celle de Blandine, puis la
posa en définitive sur le « cadeau ». Il pesta intérieure-

ment contre sa timidité. Décidément, il n'était pas doué pour ce genre de choses !

— Là-dedans, il y a...

— Il y a quoi ? Tu es vraiment le maître du suspense !

Stefan pensa très vite « A défaut d'être un maître de la drague, c'est toujours ça »... Il sourit :

— Il y a là-dedans de quoi t'injecter une première cure de la polychimiothérapie la plus moderne : avec ça, tu devrais liquider définitivement la saloperie qui te bouffe les ganglions.

Blandine écarquilla les yeux.

— Ça vient de l'Île ?

Stefan eut un sursaut.

— Comment tu peux le savoir ?

— Tout le monde sait que tu es un « mixte » ; Stefan, c'est officiel ; tu travailles un peu à l'hôpital central et un peu à l'hôpital de l'Île : et de un ! Et puis, il n'y a que dans l'Île que l'on peut trouver ce genre de médicaments : et de deux !

— Tu sais que dans l'Île, nous... nous... ?

— Vous avez à votre disposition des médicaments et des techniques dont on ne dispose pas ailleurs ? Oui, je sais.

— Parce que tu fais partie des...

Blandine fronça les sourcils :

— Il y a des mots que l'on ne prononce pas.

— Oui, pardonne-moi.

Blandine traça dans l'air un signe de croix.

— Je te pardonne, mon fils.

— Ne te moque pas de moi !

Blandine redevint très sérieuse.

— Je ne me moque pas de toi, mais comment as-tu pu obtenir et sortir ces médicaments ?

Stefan sourit :

— J'ai dans mes lits, à l'hôpital de l'Île, un patient avec une maladie de Hodgkin, un stade IV, exactement comme toi.

— Attends, tu as volé les médicaments de ce patient ? Mais je n'accepterai jamais que...

— Mais je n'ai rien volé du tout ! J'ai juste prescrit une dose double du nécessaire : tu aurais vu la tête du jeune interne qui est avec moi là-bas, et celle des infirmières ! Je leur ai dit que moi, à l'Hôpital central, j'étais habitué à donner des doses doubles des protocoles classiques, que c'était plus efficace et pas beaucoup plus toxique. Et j'ai récupéré à la pharmacie deux fois les doses habituelles pour la première cure.

— Pas mal, mais après, comment tu as pu ... ?

— Simple ; j'ai insisté pour préparer moi-même les perfusions, tout seul dans le box vitré avec les hottes aspirantes ; ce sont des hottes d'extraction des vapeurs potentiellement toxiques...

— Oui, je sais...

— Tu sais ?

Décidément, Blandine semblait savoir beaucoup de choses !...

— Oui, continue s'il te plaît.

Stefan se secoua :

— Et bien, une fois dans le box, je me suis assuré que personne ne me regardait, et j'ai fait disparaître dans une poche la moitié des ampoules, et mon malade a reçu une dose normale.

— Et après, comment as-tu pu sortir ça de l'île ? Je sais que les contrôles...

— Sont sévères : exact ! En fait, cela n'a pas été trop difficile : j'ai expliqué au Pasdaran-fouilleur qu'il s'agissait de mon traitement personnel, que je ne pouvais absolument pas arrêter... Et quelques gros billets glissés discrètement ont achevé de le convaincre de l'authenticité de mes explications.

Blandine ouvrait de grands yeux.

Stefan, mais est-ce que tu as bien pris la mesure des risques que tu as pris pour m'apporter ça ?

— Oui... ou non... Je ne sais pas bien.

— Moi je sais bien ; si tu avais été pris, tu avais droit au broyeur ! Pourquoi diable as-tu fait ça ?

— Mais... pour toi !

Il y eut un silence, puis Blandine posa sa main sur celle de Stefan.

— Merci Stefan. Au fait, je peux faire quoi, moi, pour te remercier ?

Stefan reprenait du poil de la bête.

— D'abord guérir, on verra après.

— Le programme me va assez...

Il y eut de nouveau un silence, rompu par Stefan.

— Tu m'avais dit que... tu m'expliquerais.

Blandine jeta un rapide coup d'œil circulaire aux alentours, mais les attablés les plus proches étaient à plus de dix mètres, et il n'y avait personne de suspect à l'horizon.

— Je dois reconnaître que tu l'as mérité ; par quoi veux-tu que je commence ?

— Je ne sais pas, moi. Pourquoi, vous... comment dire... vous vous dressez contre le pouvoir ? D'accord, la vie n'est pas terrible ici, mais il y a pire !

— Avec ce genre de raisonnement, un esclave dans les mines de sel peut aussi se dire qu'il y a pire...

— Mais on n'est pas esclave ! se rebella Stefan.

— Justement si ! Bien sûr, on n'est pas esclave au sens que lui donnaient les anciens Romains ou les Barbaresques du Moyen-Âge, mais nous sommes bel et bien esclaves !

— Mais de qui ?

— Pas de qui, de quoi.

— Je ne comprends pas.

— Notre peuple et toi le premier, Stefan, êtes esclaves du qât. Ceci crève tellement les yeux que tu ne réalises même plus ! C'est le qât qui guide et rythme toute ton existence ; c'est le qât qui passe avant tout ; la nourriture, l'eau, le travail et même l'amour ! Regarde-toi ; que fais-tu le matin ? Tu cours acheter ton qât quotidien, ce qât qui ne va pas quitter ta joue jusqu'au lendemain. Ce qât dont tu ne peux à aucun prix te passer. Toute la vie de la Nation dépend de ces maudites petites feuilles. La priorité, c'est le qât, partout et toujours. Il n'y a pas assez d'eau ? On coupe les robinets, mais pas l'irrigation des champs de qât ! Il faut du broyat ? S'il n'y a pas assez de morts pour en fournir suffisamment, on en fabrique !

— Attends, comment ça, on fabrique des morts ?

— Les Dirigeants ont des camps-prisons toujours pleins à craquer, au cas où... En cas de manque de broyat pour les champs de qât, on liquide quelques centaines de personnes ; c'est tout simple.

— Mais comment peux-tu savoir ?

— Je sais. Comme je sais que toute notre économie dépend du qât, comme je sais que la moindre de nos décisions est dictée par le qât.

— Mais personne ne nous oblige à...

— A prendre du qât ? Mais bien sûr que si ; sauf que ce n'est pas une personne qui t'oblige, c'est l'addiction, l'accoutumance, parce que tout le monde sait ce qui se passe quand on commence à manquer. Et que tout le monde a au moins une idée des délires meurtriers du manque de qât. On en a vu un exemple il n'y a pas si longtemps, non ?

— Mais... quand même, le qât a assuré une certaine... stabilité dans notre société.

— Si tu veux. La paix des esclaves du qât, qui ne pensent pas, et qui n'agissent qu'en pensant à leur prochaine boule de qât et jamais plus loin, la paix des zombies du qât !

— Je suis un zombie du qât ?

Blandine était très sérieuse.

— Oui, Stefan, toi comme les autres ; mais on peut guérir, comme moi je peux guérir de mon Hodgkin ; sauf que toi, ce sera plus long et plus difficile...

— Il faudrait que je veuille...

— Tu voudras, Stefan ; quand tu prendras conscience, tu voudras... Et je t'aiderai.

— Pourquoi tu m'aiderais, moi le zombie du qât ?

— Parce que...

La main de Blandine se resserra sur celle de Stefan.

Elle releva la tête. Un éclair passa dans son regard.

— Stefan, embrasse-moi ! embrasse-moi, vite.

— Hein ? Mais...

Il n'alla pas plus loin ; Blandine s'était penchée vers lui et avait écrasé ses lèvres sur les siennes. Cela lui sembla durer une éternité.

Puis Blandine se recula.

Stefan reprit ses esprits.

— Mais... pourquoi ?

— Un Pasdaran-photo !

Hein ?

— Il y avait un Pasdaran-photo ! Le gros, là-bas, avec son appareil. Ils se déguisent en touristes, mais on les repère à deux cents mètres !

Stefan se secoua. Les Pasdarans-photos passaient des heures à photographier les gens, puis les Pasdarans-labos analysaient leurs clichés, les disséquaient, les recoupaient, pour reconstituer tout ce qui pouvait être utilisé... plus tard...

Cela expliquait donc le baiser impromptu de Blandine.

Mais... elle n'était pas obligée de mettre la langue ...

22

Il n'était que onze heures du matin et Stefan avait terminé sa visite à l'hôpital de l'Île. Il faut dire qu'il n'y avait que six lits occupés sur les vingt que comptait son service ici. Il songea que cela faisait une moyenne avec les deux cents et quelques malades entassés dans son autre service, celui de l'hôpital central... Décidément, on s'habitue à tout, se dit Stefan, qui commençait de fait à s'accoutumer assez bien à son étrange double vie.

Il rejoignit son bureau personnel, trois fois plus grand à lui seul que le misérable appartement qu'il habitait encore deux jours par semaine. Il s'assit dans le grand fauteuil en cuir noir, à réglages électriques, et alluma son ordinateur.

Peut-être bien que, dans les bases de données mises à sa disposition, il allait pouvoir trouver réponse à la question qui le taraudait depuis quelques semaines.

Dans son vieil hôpital central délabré, il croulait sous

le nombre de patients atteints de cancers ; c'était de très loin la pathologie la plus fréquente, loin, très loin devant les problèmes cardiaques, vasculaires, pulmonaires, pour ne citer que celles-ci. Les autres pathologies faisaient, à côté des cancers, figure d'épiphénomènes négligeables. Stefan était tellement habitué à cet état de fait, et ceci depuis des années, qu'il n'y portait même plus attention. C'était comme ça, point final...

Mais depuis qu'il était arrivé à l'hôpital de l'Île, il ne pouvait manquer de se poser la question ; pourquoi diable les cancers semblaient-ils aussi rares parmi les « élites » traitées dans cet hôpital de pointe ?

Dans un premier temps, il crut trouver une solution simplissime ; les « élites » de la Nation étaient probablement très peu nombreuses, et puis il y avait sans doute d'autres hôpitaux « réservés », possédant les mêmes techniques sophistiquées que celui de l'Île, dans au moins les principales grandes villes du pays, Lugdunon, Marsilia, Boverdureaux et quelques autres...

Mine de rien, il avait tiré les vers du nez à son mentor, le vieux docteur Sarkis. A sa grande surprise, il apprit d'abord que les « élites », regroupant les divers degrés de Dirigeants et tous les membres de leur famille, représentaient une population plutôt nombreuse, disposant dans chaque ville de quelque envergure d'un quartier spécial hautement sécurisé, semblable en tout point à celui de l'Île de la capitale.

Il apprit ensuite que l'hôpital de l'Île, où il avait l'honneur d'officier, était en fait le seul de son genre dans le pays. En clair, c'étaient toutes les « élites » de la Nation qui venaient s'y faire soigner...

Et là, cela ne collait plus ; même avec les estimations grossières sur lesquelles Stefan pouvait se baser, cela signifiait que le pourcentage de cancers était beaucoup, mais alors beaucoup, *plus faible* dans la population des « élites » que dans la population « ordinaire » que Stefan continuait à soigner à temps partiel à l'Hôpital central. Et pourquoi donc, par la barbe des Prophètes ?

Du coup, Stefan s'était replongé, durant les journées où il travaillait encore à l'Hôpital central et où il réintégrait son gourbi (à peine plus grand que les toilettes de son appartement de l'Île) dans le livre du Professeur Varnier.

En relisant les chapitres de généralités du début du livre, il retomba sur des passages qui l'avaient un peu étonné à sa première - et rapide - lecture, mais qu'il avait complètement occultés ensuite. Il faut dire que depuis ce moment, les événements s'étaient plutôt précipités...

Le Professeur Varnier donnait les fréquences (il parlait de « taux d'incidence ») des principaux cancers avant le Grand Tournant. Et les chiffres qu'il donnait correspondaient en fait, à peu de choses près, aux fréquences actuelles des cancers chez les « élites » !

Stefan réalisait avec stupéfaction que la différence de fréquence des cancers entre les « élites » et les « autres », moins fortunés, n'était pas liée à la *diminution* des cancers chez les « élites », mais à *l'augmentation de ces cancers* dans la population ordinaire. Et cette augmentation semblait n'être devenue manifeste que depuis le Grand Tournant !

Ce matin-là, les données qu'il réussit à faire cracher à son ordinateur lui permirent d'affiner encore son estimation. Le taux de cancer était près de dix fois plus élevé dans la population générale en dehors de l'Île que chez les privilégiés des secteurs protégés, et ce taux semblait bien avoir explosé quelques années seulement après le Grand Tournant...

Quel phénomène aurait bien pu expliquer ?... Stefan se secoua ; son esprit refusait la réponse logique qui lui venait immédiatement à l'esprit ; non, ça, ce n'était pas possible !...

Le lendemain, il appela Joseph Sarkis.

— Joseph, on pourrait se voir... seul à seul ?

— Quand vous voulez, Stefan, je peux venir maintenant à votre bureau, si vous voulez.

— Parfait ! Je vous attends !

La silhouette du docteur Sarkis s'encadra dans la porte laissée ouverte du bureau de Stefan trois minutes plus tard.

— Un problème, Stefan ?

— Oui... enfin peut-être... Entrez, Joseph, asseyez-vous.

Stefan se leva et alla fermer soigneusement la porte.

Joseph Sarkis sourit.

— Si je comprends bien, nous sommes dans le confidentiel ; une affaire de cœur ?

Stefan ne s'attendait pas à celle-là. Il eut une rapide pensée pour Blandine mais s'empressa de répondre ;

— Oh non ! Pas du tout !

— Ne soyez pas offusqué, Stefan ; cela n'aurait rien d' honteux, fit le vieil homme avec un sourire en coin et un léger plissement de l'œil droit...

— Mais je... non, cela n'a rien à voir avec ma... vie sentimentale... mais plutôt avec la profession.

Le vieux Sarkis était redevenu sérieux.

— On m'a chargé de votre formation. Je devrais donc avoir réponse à tout, ou presque.

Stefan décida de lancer carrément le pavé dans la mare.

— Joseph, pourquoi diable le taux de cancers a-t-il explosé dans la population générale après le Grand Tournant ? Et pourquoi cette invraisemblable épidémie a t-elle épargné les élites que nous traitons ici à l'hôpital de l'Île ?

Le vieil homme ne se démonta pas, mais Stefan remarqua quand même qu'il avait un peu pâli...

Joseph Sarkis prit une grande inspiration.

- C'est bien ce que je leur avais dit...

Stefan leva les deux sourcils.

- Dit quoi, et à qui ?

- A qui ? Aux responsables de cet hôpital, et en premier lieu à Sormann. Et quoi ? Que vous étiez un type brillant. En fait même plus brillant que je ne le pensais ; je ne croyais pas que vous auriez compris aussi vite...

- Compris quoi ?

- Ne faites pas l'imbécile, Stefan, cela ne vous va pas bien ! En me posant la question, vous avez donné la réponse ; qu'est-ce qui a changé pour le peuple depuis le

Grand Tournant, et qui est manifestement responsable de cette épidémie de cancer ?

Il y eut un silence, que rompit Stefan, la voix lourde ;

— le qât ?

— Eh oui, le qât...

Stefan se rebiffa

— Mais non, Joseph, ça ne colle pas ! Le qât est consommé depuis des siècles au Yémen : s'il était responsable d'une épidémie de cancer, on s'en serait aperçu depuis des lustres !

— C'est exact...

— C'est exact ? Mais alors ?...

— C'est tellement exact que les élites qui vivent ici et dans les autres quartiers protégés, et qui consomment le qât original yéménite, ne sont pas victimes de cette épidémie.

Stefan commençait tout doucement à entrevoir une vérité que son esprit se refusait encore à admettre.

— Alors, c'est... c'est le « néo-qât » ?

— Effectivement, Stefan, c'est le néo-qât, le qât génétiquement modifié introduit sous nos latitudes après le Grand Tournant.

— Mais ce n'est pas possible ! Quel fou à lier aurait introduit la consommation massive d'un produit multipliant par dix le nombre de cancers ?

— Cela ne s'est pas fait comme ça, Stefan. Dans un premier temps, Mahmoud El-Akbar, par ailleurs un remarquable scientifique, a réussi à acclimater les arbustes de qât à nos climats. Les travaux menés à ce moment ne montraient aucune différence entre les effets bénéfiques du qât originel, et du qât modifié, le néo-qât. De très sérieuses études de toxicité avaient été menées ; chez l'animal d'abord, puis chez des volontaires ; aucun, rigoureusement aucun effet secondaire particulier ne fut à déplorer...

— Mais les cancers ?

— Les cancers, et vous le savez très bien, Stefan, mettent des années à se dévoiler après l'absorption de tout une gamme de substances. Les études chez l'animal ne pouvaient pas apporter grand-chose de ce côté ; les animaux de laboratoire ne vivent pas assez longtemps...

— Et les volontaires sains ?

— On les a suivis sur cinq ans ; et l'on n'a rien vu ! On se croyait donc à l'abri des problèmes et les Dirigeants ont donné le feu-vert au néo-qât ; et les cancers ont commencé à apparaître au bout de six à sept ans...

— Mais alors, pourquoi n'a-t-on pas tout arrêté immédiatement ?

— Quand on s'est rendu compte, de façon certaine, de l'action cancérigène du néo-qât, nous étions à environ dix ans du Grand Tournant, Stefan. Toute la population se mettait sa boule de qât dans la bouche tous les matins. Vous avez certainement vu des crises de manque, Stefan ; vous imaginez l'effet d'une interdiction brutale du qât du jour au lendemain ?

— Bien sûr, il n'aurait pas fallu faire ça d'un seul coup, mais progressivement...

— Stefan, croyez-moi, j'ai étudié durant des années, avec les gens de mon laboratoire, l'accoutumance au qât ; je peux vous dire qu'il est quasiment impossible de désintoxiquer un consommateur de qât... Nous avons essayé avec toute une série de succédanés : un échec complet. Nous étions dans une impasse. Et puis, Stefan, on ne peut pas oublier les bienfaits que nous a amenés en parallèle le qât ! Rappelle-toi l'état de nos pays juste avant le Grand Tournant ; l'effondrement des banques qui avait ruiné nos nations, la montée des communautarismes, l'insécurité permanente, les attentats quotidiens des groupes terroristes divers . Le Grand Tournant nous a permis de sortir de ce marasme ; le qât a apporté le Kayf, a calmé et apaisé les populations, leur a permis d'accepter, puis d'oublier, leur inéluctable appauvrissement et toutes leurs misères quotidiennes; et puis la fusion réussie des trois religions du Livre a fait taire les intégrismes ; les attentats qui ensanglantaient quotidiennement nos rues ont disparu...

— Pas complètement ; les deux tiers supérieurs de la grande tour de fer en savent quelque chose ; c'étaient les intégristes catholiques, non ?

— Un groupuscule, qui a été totalement démantelé depuis...

Stefan reprenait :

— D'accord, le Grand Tournant a eu des effets positifs, tout le monde sait ça ; mais quand même, pourquoi ne pas informer la population des risques du qât ?

— Pourquoi ? Il y a plusieurs réponses à cela, Stefan ; d'abord ce type d'information ne changerait rien à rien.

— Mais qu'est-ce que vous en savez ?

Le vieux docteur soupira.

— Stefan, nous avons eu, avant le Grand Tournant, l'exemple du tabac ; presque aussi cancérigène que notre néo-qât, avec la seule différence qu'il entraînait essentiellement des cancers du poumon et de la gorge. Les politiques de l'époque ont choisi de diffuser l'infor-

mation ; les paquets de ce qu'on appelait les « ciga-
rettes » portaient la mention « Fumer tue !» ; il y eut
même des paquets avec des photos de malades porteurs
de tumeurs monstrueuses, ou même mourants...

— Et alors ?

— Et alors ; rien !

— Comment ça, rien ?

— Aucun impact sur les ventes ! Les gens, pourtant
informés, et de façon répétitive, par toutes les voies possibles et imaginables, continuaient imperturbablement
à fumer leur tabac mortifère.

— Et le gouvernement continuait, si je me souviens
bien, à engranger des taxes fabuleuses sur le dos des
« fumeurs » ! enchaîna Stefan qui pensait tout haut.
Tout comme probablement les taxes monstrueuses pré-
levées sur le qât continuent aujourd'hui à enrichir... Je
ne sais qui...

Joseph Sarkis tordit la bouche.

— Stefan, une fois de plus, faites attention à ce que
vous dites, cela pourrait...

— Me faire mal voir ?

— Bien pire, Stefan, bien pire ! Revenons au néo-qât ;
il y a une autre raison pour ne rien changer à l'état ac-
tuel des choses, même s'il n'est pas... satisfaisant.

— C'est peu dire, non ?

Sarkis fit mine de n'avoir rien entendu et continuait :

— C'est que, comme je vous l'ai déjà dit, il est quasiment impossible de se débarrasser de l'accoutumance
au qât : donc, si nous n'avons aucune solution à proposer, pourquoi désespérer inutilement la population ?

— Joseph, nous sommes médecins, vous et moi, et vous avez été chercheur. Il y a bien des pistes ! Pourquoi ne pas « remodifier », remodeler, génétiquement le néo-qât pour le rendre non-cancérigène, ou au minimum moins cancérigène ?

— On essaie, Stefan, on essaie ! Mon laboratoire travaillait là-dessus, et mes successeurs continuent. Vous voyez que nous ne nous satisfaisons pas complètement de la situation !

— Et on avance ?

— Pas vite, mais peut-être... peut-être ; en fait, il faut dire que nos triturations génétiques n'ont jusqu'à présent pas donné grand-chose. On avait bien trouvé un qât modifié un peu moins cancérigène -pas beaucoup d'ailleurs- mais son goût était atroce et cent pour cent des volontaires qui le testaient le vomissait dans la minute...

— Rien d'autre ?

— Curieusement, c'est peut-être en modifiant les engrais, c'est à dire le broyat, que l'on pourrait arriver à quelque chose. Un laboratoire de Lugdunon s'est aperçu par hasard, en utilisant du broyat de fœtus ou d'enfants morts-nés, que le qât ainsi cultivé se révélait beaucoup moins cancérigène. Mais ceci demande à être confirmé, et puis ce n'est pas si facile de se procurer des quantités suffisantes de fœtus ou de bébés morts...

23

Stefan en était à son cent vingt deuxième patient. Il commençait à fatiguer... Décidément, les visites nettement moins surchargées de l'hôpital de l'Île lui avaient fait perdre le rythme ! Quelqu'un lui toucha l'épaule droite ; il sursauta et se retourna d'un bloc : c'était Blandine.

— Eh, ce n'est que moi !

— Excuse-moi, je ne m'attendais pas à... Il y a un problème ?

— Non, enfin, peut-être...

Elle ne semblait pas très à l'aise, ce qui n'était pas dans ses habitudes. Son attitude intrigua Stefan. Il risqua :

— Tu as... quelque chose à me dire ... en privé ?

— Oui, je préférerais.

— Je crains qu'il ne nous reste que le local rangement ! Viens.

Le local rangement portait mal son nom : il s'agissait en fait d'une toute petite pièce sans fenêtre abritant dans un désordre indescriptible tout le matériel dont pouvait avoir besoin le service. On y trouvait en vrac des boîtes d'instruments chirurgicaux, des flacons de perfusion (dont un bon nombre était périmé), le tout voisinant avec du papier toilette, des balais et des sacs poubelle pleins de déchets divers et variés remontant à la nuit des temps.

Avec tout ça, il restait tout juste de quoi se tenir debout pour deux personnes. Stefan alluma la lumière ; après quelques vacillements inquiétants, la vieille lampe se décida finalement à stabiliser un éclairage anémique. Vue l'exiguïté du lieu, Stefan et Blandine se retrouvaient presque l'un contre l'autre, et il vint à Stefan des pensées qu'il jugea immédiatement déplacées et qu'il tenta tant bien que mal de chasser de son esprit. Blandine lui prit la main, ce qui eut pour effet de mettre encore plus à mal les bonnes résolutions de Stefan. Il se mit à souhaiter bêtement qu'un Pasdaran-photo pousse Blandine à réitérer le baiser de la synagogue... Mais dans leur placard, il y avait peu de chance... Il se secoua.

— Il y a quelque chose qui ne va pas ?

— Stefan ; à quelle heure vas-tu acheter ton qât ?

Stefan resta bouche bée.

— Moi ?

— Bien sûr, toi ; tu vois quelqu'un d'autre ici ?

La remarque aurait pu être moqueuse, mais Blandine avait gardé tout son sérieux.

— Et bien, je passe chez Hugo régulièrement à six heures tous les matins... Enfin, tous les matins où je ne suis pas dans l'Île.

— C'est bien ce que je pensais... Stefan ; demain matin, il faut absolument, je dis bien *absolument*, que tu passes plus tôt chez Hugo ; au plus tard à cinq heures et demie !

— cinq heures et demie ! Eh bien dis donc, la nuit va être courte ! Mais pourquoi ça ?

Blandine parut flotter une demie seconde.

— Pourquoi ?... Mais ... Mais parce que je veux te voir ici à six heures demain matin.

— Ah bon, et pourquoi, ça ?

— Parce que j'ai quelque chose à te dire.

— Et tu ne peux pas me le dire maintenant ?

— Non, je ne peux pas.

Le ton était sans réplique, presque sec. Elle reprit plus doucement avec une petite moue :

— Tu promets ?

Stefan se sentit fondre.

— Bien sûr, je promets !

Blandine arbora un large sourire et lui plaqua un baiser sur la joue gauche, de l'autre côté de la boule de qât.

— Allez, on y va, maintenant !

Stefan eut un peu de mal à reprendre sa visite. Au cent trente troisième patient, il lui semblait encore sentir le baiser sur sa joue gauche.

Rentré chez lui, son premier geste fut pour son vieux réveil, qui ne lui avait jamais fait faux bond depuis près de vingt ans. Une antiquité dont la sonnerie, évoquant la chute d'une batterie de cuisine depuis le sixième étage, semblait capable de réveiller un mort. Stefan régla la sonnerie sur cinq heures et remonta le réveil bien à fond... Trop à fond. Le ressort lâcha et la vieille chose rendit illico son âme au Dieu des petits réveils courageux. Mais Stefan, dans son souci de bien faire, ne se rendit pas compte de l'étendue des dégâts.

Après avoir grignoté quelques rogatons improbables retrouvés au fond de son garde-manger-frigidaire en panne chronique, et il se coucha et s'endormit du sommeil du juste, avec un petit sourire aux lèvres à la pensée du rendez-vous du lendemain matin avec Blandine...

Il ouvrit un œil. Il se sentait bien, très bien... trop bien... Comme s'il avait dormi tout son saoul. Il sursauta, tendit la main vers sa lampe de poche à manivelle, qu'il gardait toujours vers lui durant la nuit, et éclaira son réveil : 10 heures... 10 heures ? Impossible ! Le cœur battant, il récupéra sa montre sur la table de nuit : 5 heures 35 ! Son cœur s'accéléra ; il saisit son réveil et le porta à son oreille ; le tic-tac caractéristique s'était tu. Stefan jura comme un convoyeur de qât en sautant de son lit :

- Bordel des Dieux ! Non ! Pas aujourd'hui ! Pas aujourd'hui !

Il cracha sa boule de qât et sauta dans ses habits de la veille sans prendre le temps d'en changer... La porte claqua ; il faillit oublier de la fermer à triple tour. Il dévala les escaliers et sortit en trombe de l'immeuble. Il tombait des hallebardes et Stefan n'avait pas pris sa pèlerine. Resserrant autour de son cou, le col de sa veste, rapidement trempé comme une soupe, il courut comme un dément vers le magasin d'Hugo. Il jeta un coup d'œil à sa montre : 5 heures 55 ; jamais il ne serait à six heures à l'hôpital pour son rendez-vous ! Mais qu'est-ce qu'il allait raconter à Blandine ? Il arriva tout dégoulinant devant le magasin d'Hugo. Heureusement, la queue n'était pas trop longue. Il se retrouva rapidement devant Hugo qui, impressionné par l'air hagard de Stefan, lui tendit son sachet de qât sans oser une réflexion. Stefan regarda la grande horloge au-dessus du comptoir ; 5 heures 59. Il se tourna vers Hugo ;

— Elle est à l'heure ?

Hugo haussa ses larges épaules.

— Qu'est-ce que tu crois ? Que rien ne fonctionne chez moi ?

— Putain de merde !

Hugo écarquilla les yeux ; c'était bien la première fois qu'il entendait Stefan jurer de cette manière.

Stefan sortit en courant et faillit s'étaler en glissant sur l'asphalte trempé. Il commença à remonter la rue pour rejoindre la station de tramobus.

Il vit arriver en sens inverse l'énorme camion blindé aux allures de char d'assaut qui allait livrer le qât au concurrent d'Hugo, deux rues plus bas.

En le croisant, il pensa « de vrais chronomètres, ces types-là ; toujours pile à 6 heures » !

L'explosion le projeta à dix mètres.

Il atterrit à moitié conscient dans un tas d'ordures. Il se releva avec un gémissement ; son épaule gauche... luxée ? fracturée ? Il se retourna et crut qu'il devenait fou ; il ne reconnaissait pas la rue où il se trouvait quelques secondes avant.

Au milieu de la chaussée, là où aurait dû se trouver le camion des convoyeurs de qât, un cratère de trente mètres de diamètre crachait des flammes.

Stefan tentait de remettre ses idées en ordre ; un accident ? Avec rupture d'une canalisation de gaz ? Ou
plutôt un attentat visant le camion... mais pourquoi ?

Il n'eut pas le loisir de réfléchir plus avant ; il prit
conscience du carnage qu'avait entraîné l'explosion ;
des silhouettes en flamme couraient dans tous les sens,
les immeubles alentours étaient tous en feu, un feu ra-
vageur , qui lui rappelait les films anciens qu'il avait vu
sur les effets des bombes au napalm. Aider ces pauvres
gens... les aider... mais comment ? Stefan n'avait même
pas sa pèlerine pour tenter d'éteindre les flammes qui
dévoraient les malheureux qui couraient en tout sens en
hurlant.

« Ici ! ici ! Regardez-moi ! »

Stefan chercha d'où venait l'appel, planté d'une manière qu'il sentait ridicule au milieu des cadavres
démembrés et des silhouettes en flammes.

— Ici, en haut ! regardez en haut !

Stefan leva la tête ; sur un balcon du quatrième étage
de l'immeuble en feu qui lui faisait face, une jeune maman tenait dans ses bras un bébé. Les flammes les
encerclaient et la robe de la jeune femme commençait à
brûler.

« Attrapez mon bébé ! attrapez mon bébé ! »

Avant que Stefan eut le temps de répondre, la jeune
maman lui avait lancé l'enfant. De façon réflexe, Stefan
rattrapa au vol le bébé ; le mouvement lui arracha un cri
de douleur ; son épaule...

— Donnez-le moi !

La femme aux cheveux gris hirsutes avait les yeux ha-
gards et exorbités.

— Donnez-moi le bébé !

Lui donner le bébé. Bien sûr, il fallait lui donner le bébé. Que ferait-il, lui, d'un bébé ?

Stefan tendit l'enfant à la femme aux cheveux gris. Elle ne dit pas un mot et s'enfuit à toutes jambes. Stefan continua dans la rue dévastée, se sentant dramatiquement inutile. Les sirènes des services de sécurité commençaient à se rapprocher.

— Stefan !

Quoi encore ? Il se retourna. Blandine courait vers lui.

- Les Dieux soient loués ; tu n'as rien ?

Stefan, hébété, la regarda avec stupéfaction.

— Mais qu'est-ce que tu fais là ?

— Mais pourquoi étais-tu ici à cette heure-là ? Tu aurais pu te faire tuer !

Une vague lueur s'alluma quelque part dans le cerveau embrumé de Stefan.

— Tu... tu étais au courant que ...

— Que nous allions faire sauter ce camion de qât, oui. C'est pour ça que j'ai essayé de te dire de ne pas te trouver là à cette heure-là !

— Mais pourquoi ? Tu as vu ce... tous ces pauvres gens ?

— C'était une répétition.

— Une quoi ?

— Une répétition. Viens, maintenant.

Elle le tira par la main.

Stefan, se laissant entraîner, lâcha bêtement :

— Au moins, j'ai sauvé un bébé.

Blandine se retourna vers lui, le visage fermé.

— Tu n'as rien sauvé du tout, Stefan.

— Mais si, j'ai donné le bébé à une vieille femme !

— Qui est allée immédiatement le revendre pour faire du broyat pour les programmes de recherche du qât ; on l'a vue sur nos caméras.

— Mais ce n'est pas possible ; le bébé n'était pas mort !

Blandine s'arrêta et considéra Stefan avec un éclat dur dans ses yeux bleus.

— Tu sais, Stefan, ce n'est pas très difficile de transformer un bébé vivant en un bébé mort...

24

— Une répétition ? Quelle répétition ?

Stefan était assis dans le grand fauteuil de cuir noir de son bureau de l'hôpital de l'Île, les coudes sur la table et la tête dans les mains.

Il aurait dû insister, demander plus d'explications... Mais l'explosion l'avait sérieusement sonné et il était encore sourd de l'oreille droite. Il avait bien tenté timidement, en se laissant entraîner par Blandine dans la rue dévastée :

— Vous n'allez quand même pas recommencer ! Ça vous sert à quoi ces massacres ?

Blandine s'était arrêtée. Elle s'était retournée vers Stefan, avait ouvert la bouche puis s'était ravisée.

— Non, pas maintenant. Je t'expliquerai.

— Encore ? cela devient une manie !

— C'est comme ça ; viens...

Et il avait suivi, un peu chancelant et pas beaucoup plus avancé.

Il tentait de comprendre l'intérêt de cet attentat apparemment gratuit, dont n'avait même pas parlé le journal télévisé de l'unique chaîne d'information, quand son téléphone portable vibra.

Stefan sursauta ; il ne s'habituait vraiment pas à ce machin vibreur accroché à sa ceinture qu'on lui avait imposé à son arrivée dans l'Île.

— Oui ?

—Docteur Kemansky? C'est Véronique, à la direction ; le Professeur Sormann souhaite vous voir.

— Quand ça ?

— Mais... maintenant ! Il vous attend dans son bureau.

Stefan frissonna. Il ne voyait pas du tout pourquoi diable Sormann pouvait le convoquer ainsi, toutes affaires cessantes. A moins que... ? Il se secoua ; non, personne ne pouvait soupçonner que...

Il réajusta sa cravate avant de pénétrer dans le bureau du directeur.

— Entrez, Stefan, venez vous asseoir !

Stefan s'approcha avec un sourire dont il avait bien conscience qu'il manquait franchement de naturel.

Sur le grand bureau, le téléphone sonna. Cela parut irriter considérablement le directeur. Il décrocha sèchement :

— Véronique, je vous ai dit que je ne voulais pas être dérangé ! Qui ? Bakari Ramako ?... cela fait six fois qu'il appelle ? Bon, passez-le moi !

Il posa la main sur le combiné et se tourna vers Stefan ;

— Vous permettez ?

Stefan accentua son sourire et fit un petit signe de la main pour signifier son accord. De toutes façons, il ne se voyait pas répliquer : « Bon, puisque c'est comme ça, je m'en vais et je reviendrai dans une heure ! ».

Sormann avait pris la communication... Ramako... Bakari Ramako, un athlète noir d'ébène, était le patron du Service des grands brûlés de l'Hôpital central. Stefan le connaissait ; un fantastique médecin, qui semblait passer sa vie dans son service. Avec des moyens limités, voire nuls, il parvenait parfois à sauver des brûlés à plus de cinquante pour cent... Un as...

Au bout du fil, Sormann commençait manifestement à s'énerver ;

— Oui, je sais ! je sais ! Je sais bien que vous avez récupéré tous les brûlés du dernier attentat ! Mais qu'est-ce que vous voulez que j'y fasse ? Du personnel ? Mais vous en avez, du personnel, autant que nous ici !

Stefan ne put s'empêcher d'admirer le naturel confondant avec lequel Sormann mentait effrontément.

— Et quand bien-même, vous savez bien qu'il est impossible de transférer du personnel de l'Île vers votre hôpital sans des enquêtes personnelles qui nous prendraient des mois !

Apparemment, Ramako insistait et Sormann tournait à l'écarlate.

— Des pansements et des médicaments ? Mais nous en manquons autant que vous !... Bon, écoutez, je vais faire un effort ; Stefan Kemansky est dans mon bureau ; je vais lui faire donner deux ou trois grandes boîtes de compresses stériles et il vous les apportera demain matin !

La proposition sembla quelque peu tomber à plat à l'autre bout du fil.

— « Pas assez» ! Comment cela, « pas assez » ? Écoutez, Ramako, cela suffit. J'ai du travail !

Il raccrocha.

Sormann se retourna vers Stefan.

— C'est incroyable, quand même ! J'essaie de l'aider et je n'ai même pas un merci ! Je vais en toucher un mot à Martinon ; il faudrait quand même qu'il rabatte un peu son caquet, le bamboula !

Stefan était de plus en plus mal à l'aise.

Sormann contourna le bureau et s'empara d'un grand dossier jaune.

— Bon, ce n'est pas pour ça que je vous ai fait venir. Vous connaissez Blandine Verdier ?

Le cœur de Stefan marqua une pause. Il marmonna :

— Oui... bien sûr, je la connais... c'est l'une de mes infirmières à l'Hôpital central... depuis plusieurs années...

— Et quelles sont vos relations ?

Stefan avala une salive de plus en plus sèche.

— Oh... des relations... amicales !

Sormann avait ouvert le dossier jaune.

— Vous avez des relations amicales de ce type avec toutes vos infirmières ?

Le directeur venait de poser sur le bureau un grand tirage photographique en noir et blanc, sur lequel on voyait distinctement les lèvres de Blandine s'écraser sur celles de Stefan ; « le baiser de la synagogue » ! Le Pasdaran-photo avait fait du beau travail ; quasiment une œuvre d'art... Stefan bafouilla :

— Non, mais vous savez...

— Je sais quoi ?

Stefan allait expliquer que les choses n'étaient pas allées plus loin avec Blandine, mais il se ravisa ; il valait probablement mieux que les autorités pensent qu'ils couchaient ensemble plutôt que...

— Non, rien...

Sormann regardait la photo d'un air intéressé.

— Dites donc, Stefan, vous ne vous ennuyez pas ! Elle est plutôt mignonne, votre copine... En tout cas, elle aime les « mixtes ».

Stefan ouvrit de grands yeux :

— Comment ça, Monsieur le Directeur ?

Sormann avait sorti d'autres documents du grand dossier jaune.

— Blandine ne vous a pas dit que son amant précédent, Axel Lachenal, était lui aussi un « mixte » ? Un jeune et brillant ingénieur travaillant à temps partiel dans l'Île et le reste du temps sur le terrain, en dehors de notre enceinte protégée ?

— Non... elle... elle ne m'avait pas dit...

— J'espère simplement que vous ne finirez pas comme lui.

— Aaah ? Il a fini comment ?

— Dans un broyeur ; c'était un résistant.

Stefan eut l'impression de sentir le plancher

descendre de cinquante centimètres.

— Mais comment vous... comment on...?

— Comment on s'en est aperçu ? C'est simple :
Blandine Verdier l'a dénoncé. Une sacrée louloutte !
Elle s'est rendue compte des activités délictueuses de
son amant et elle les a signalées aux Pasdarans-sécurité.
Ça n'a pas fait un pli ! Mais elle a pris des risques ; le
type était dangereux... Moyennant quoi, Stefan, vos
amourettes avec la Blandine ne sont pas les bienvenues
ici. Vous êtes programmés à terme pour devenir un
permanent de l'Île, et elle, non, malgré des états de
service intéressants. Alors vous feriez mieux de
l'oublier. Compris, Stefan ?

— Com... compris, Monsieur le Directeur.

Stefan eut un peu de mal à marcher droit jusqu'à la
porte.

25

Blandine avait lourdement insisté :

— Surtout, tu fais attention. Il faut que tu t'assures que tu n'es pas suivi ! C'est une question de vie ou de mort pour tous les deux. Donc demain, à l'angle sud-ouest de la place 48, à sept heures du matin. Tu as bien compris ?

Stefan avait acquiescé. Blandine n'avait vraiment pas eu l'air de plaisanter. Peut-être allait-il enfin comprendre ce qui se passait, car tout commençait à sérieusement s'embrouiller dans sa tête. Blandine ne mâchait pas de qât, ça c'était sûr. De ce fait, il l'avait illico cataloguée chez les résistants, ce qu'elle n'avait d'ailleurs pas nié, et puis elle savait que le camion allait sauter à six heures précises devant chez Hugo... et a priori ce carnage incompréhensible paraissait bien dû aux résistants... Mais ne voilà t-il pas qu'on lui apprend qu'elle avait dénoncé aux Pasdarans son amant précédent, un résistant authentique qui avait fini dans un broyeur !

Stefan n'avait pas vraiment peur ; cela faisait bien longtemps qu'il considérait qu'il n'avait pas grand-chose à perdre sur cette Terre. Et puis il sentait bien qu'il tenait de plus en plus à ses relations avec Blandine, malgré toutes leurs ambiguïtés, et malgré le peu de concrétisation physique dont il avait bénéficié jusqu'à présent.

Son cœur battit plus vite à cette pensée. Une nuit d'amour avec Blandine... une seule nuit. Et tant pis s'il devait mourir pour cela le lendemain ! Après tout...

Il tressaillit. Une partie de son esprit lui disait qu'il devenait complètement fou, et une autre partie lui murmurait que cela n'avait aucune importance... Et il se sentait plutôt bien. Ses sentiments pour Blandine l'euphorisaient ... Et puis le qât de l'Île lui apportait un meilleur kayf que le néo-qât d'Hugo, ça, c'était sûr...

Serrer Blandine dans ses bras... sentir son corps contre le sien...

C'était l'heure. Il fallait y aller, et faire attention...

Stefan se remémora ses lectures d'adolescents, quand le héros du roman d'aventure doit échapper aux affreux méchants lancés à ses trousses. Il se dit qu'après tout, les vieilles recettes devaient rester les meilleures. Il descendit l'escalier jusqu'au rez-de-chaussée, mais évita le gardien et se dirigea vers la cour pavée de l'immeuble.

Il n'irait pas chez Hugo ce matin, pour ne pas risquer de se faire repérer ; il avait pris deux sachets de qât lyophilisé, et avait gardé une partie de sa boule de qât de la veille. L'effet du qât original de l'Île dépassait un peu les vingt-quatre heures : il faudrait juste qu'il retrouve du qât frais un peu avant midi...

Au fond de sa cour, un invraisemblable amas de détritus divers, poubelles, vieux meubles brisés, matelas éventrés et autres bricoles improbables impossibles à identifier, s'amoncelaient jusqu'à presque atteindre le haut du vieux mur de brique rouge qui les séparait de l'immeuble adjacent.

Stefan s'arrêta au milieu de la cour et scruta les alentours ; personne... Et personne aux fenêtres. Prestement, il escalada l'amoncellement d'ordures diverses, s'accrocha au haut du mur, et se hissa à la force des bras ; son épaule gauche le fit grimacer de douleur. Il se retrouva à califourchon, dans une position qu'il jugea un peu ridicule. De l'autre côté, pas d'accumulation de détritus, et une hauteur de près de trois mètres... Heureusement, cette cour-là n'était pas pavée : une sorte de terrain vague que la pluie des derniers jours avait sérieusement détrempé. Stefan se réceptionna plutôt maladroitement dans la boue et déchira son blouson.

Il réalisa en se relevant qu'il ressemblait maintenant davantage à un tireur de qât de bas étage qu'à un toubib de l'hôpital de l'Île. Mais après tout, c'était peut-être mieux comme ça : il ne fallait pas trop attirer l'attention.

Il trouva une sortie discrète. A priori personne ne pouvait imaginer qu'il sorte par là... Et il avait laissé un peu de lumière chez lui... Cela ne l'empêcha pas de lorgner soigneusement les environs avant de sortir. Apparemment personne ne semblait porter le moindre intérêt à cet individu mal rasé, couvert de boue et au blouson largement déchiré dans le dos...

La place 48 n'était pas à côté. Il lui fallait trouver un tramobus. Il attendit à l'arrêt de la ligne 15. La pluie avait redoublé. Il enfonça sur ses oreilles le vieux bonnet de laine qu'il avait eu la présence d'esprit d'attraper en partant.

Le tramobus arriva. Il était encore plus bondé que d'habitude et un grondement sourd monta de la longue file qui attendait sous la pluie battante. Il était évident que tous ne pourraient pas monter. Le lourd véhicule s'arrêta dans un gémissement de frein suraigu. Quelques voyageurs en descendirent, se frayant difficilement un chemin parmi ceux qui voulaient commencer à monter. « Mais laissez passer, par les Dieux ! ». Peine perdue : les gens continuaient à pousser comme des malades. Juste devant Stefan, un vieil homme maigre à lunettes, coincé derrière une sorte d'armoire à glace, avançait tout seul sans plus toucher terre. L'armoire à glace réussit à monter dans le tramobus, mais, derrière lui, il ne restait plus que le marchepied ; une planche de bois visqueuse et glissante de trente centimètres de large, avec juste une barre latérale pour se maintenir en équilibre. Stefan aida comme il le put le vieil homme à mettre un pied sur la planche et attrapa la barre de son bras valide. Le tramobus démarra, sans considération aucune pour la dizaine de pauvres hères qui tentaient de courir derrière pour s'accrocher à quelque chose.

L'engin semblait encore plus démantibulé que ses congénères habituels : il vibrait et tressautait de façon inquiétante et Stefan s'accrochait de toutes ses forces pour ne pas être éjecté. Le vieil homme à lunettes lui sourit ; « Merci de m'avoir aidé, Monsieur ! D'habitude... ». Il n'alla pas plus loin : une secousse plus forte que les autres lui fit lâcher prise ; il tomba lourdement sur la chaussée, sans un cri, et sans que Stefan ne put faire un geste pour le retenir. Le vieil homme tenta maladroitement de se relever. Le camion de livraison hors d'âge qui suivait le Tramobus bloqua ses quatre roues mais continua sur sa lancée sur le pavé gluant et passa sur le corps du vieil homme. Il y eut comme un bruit de branches brisées. Stefan avait sauté du Tramobus, tout en se disant qu'il n'y avait manifestement plus besoin d'un médecin.

Il vit un autre homme courir vers le cadavre. Stefan pensa : « Tiens, un autre toubib... ». L'autre s'était agenouillé auprès du corps réduit à l'état de galette sanguinolente. Stefan arrivait. L' « autre » se retourna d'un bloc ; il était d'une maigreur effrayante, les yeux injectés de sang enfoncés dans les orbites, et il tendit vers le cou de Stefan une lame de couteau de vingt centimètres. Il cracha :

— Dégage, toi ! Tu entends ? dégage !

Stefan leva les deux mains à hauteur de son visage et fit trois pas en arrière.

L'homme maigre se retourna vers le cadavre du vieux, enfonça prestement la main dans la bouche du mort, arracha la boule de qât, se releva et détala à toutes jambes.

Stefan eut la tentation de sortir son arme et d'abattre le tireur de qât, mais il se dit que ce n'était pas forcément la meilleure idée pour passer inaperçu.

Il regarda autour de lui. A l'évidence, les gens se désintéressaient totalement de l'épisode. Le chauffeur du camion de livraison, après avoir ralenti, avait repris sa route, et un véhicule de nettoyeurs arrivait déjà, avec son broyeur.

26

La place 48 n'était pas très grande ; vaguement trian-
gulaire, elle se situait au sud du grand quadrilatère de
béton, centré par une haute et massive tour carrée, qui
avait été en son temps une Faculté des sciences. Le bâtiment était connu de tous les habitants de la capitale
pour avoir connu bien des vicissitudes. Bien avant le
Grand Tournant, on s'était rendu compte que la génération antérieure l'avait tapissé d'amiante du sol au
plafond... Il fallut des années pour débarrasser le bâtiment des microfibres mortelles.

Le lieu ne fut rendu aux étudiants qu'un peu avant le
Grand Tournant. Mais juste après, on prit conscience
que les laboratoires de recherche avaient copieusement
aspergé le malheureux bâtiment de toute une série de
toxiques chimiques. Pour faire bonne mesure, ces
mêmes laboratoires avaient utilisé pour leurs expé-
riences des quintaux de marqueurs radioactifs, et
quasiment toutes les pièces gardaient le souvenir impé-

rissable de toute une variété de radioéléments continuant à cracher leurs rayons ! Du coup, les Dirigeants avaient décidé de vider définitivement de ses occupants l'immense structure. On entendit bien quelques voix chagrines pour oser suggérer que cela permettait de fermer purement et simplement une Faculté des sciences dont les recherches n'étaient pas toutes en odeur de sainteté auprès des Dirigeants, mais ces voix furent bien vite étouffées.

L'immense bâtiment de béton ne resta pas très longtemps inoccupé. La Nature ayant horreur du vide, et les squatteurs de tous bords ne se sentant pas vraiment concernés par toutes ces histoires de pollution chimique et de contamination radioactive, l'ex-Faculté se transforma rapidement en une sorte de Cour des miracles rassemblant chômeurs chroniques, clochards divers, tireurs de qât, et malfrats en tout genre. En clair, un véritable coupe-gorge géant que le citoyen de base évitait soigneusement, et où même la police du Qât et les Pasdarans-sécurité ne se hasardaient jamais...

Stefan savait tout ça, et il vérifia machinalement que son arme était bien dans la poche de son blouson déchiré.

— On y va ?

Stefan sursauta et se retourna d'un bloc ; il ne reconnut pas tout de suite Blandine, sous son foulard et derrière des lunettes à grosses montures. Il tenta de plaisanter :

— Excuse-moi, j'aurais dû mettre une fausse barbe !

Blandine sourit.

— Pas la peine : je ne sais pas par où tu es passé, mais dans une rue sombre et tard le soir tu ferais vraiment peur !

Stefan se souvint de sa chute dans la boue et de sa veste en lambeau.

— D'accord, mais le déguisement était involontaire !

— En tout cas, il est tout à fait adapté à la situation ! Viens, maintenant.

Stefan la vit se diriger vers une sorte de cabane en bois, passablement délabrée, située au centre de la petite place. Devant la porte de la cabane, quatre personnages barbus, sales et d'apparence fort peu sympathique semblaient monter la garde. Stefan eut un frisson en voyant Blandine se diriger droit sur le groupe. Il pressa le pas pour la rejoindre :

— Attends ! Qu'est-ce que tu fais ?

— Suis-moi.

Elle arriva devant le petit groupe ; les deux hommes qui étaient assis se levèrent. Celui qui était le plus près de la porte sortit une grosse clef et ouvrit ; il s'effaça et fit signe à Blandine d'entrer. Les trois autres s'inclinèrent légèrement, un signe de respect manifeste que l'on n'aurait pas attendu des personnages.

Blandine avait pénétré dans la cabane; elle se retourna :

— Tu viens ?

Stefan, un peu inquiet, passa devant les quatre « gardiens » et entra.

En fait, la « cabane » n'était là que pour camoufler une entrée de l'antique métro. C'était la première fois que Stefan en voyait une qui n'était ni murée ni pourvue d'une énorme grille. L'entrée n'était pas très grande ; un seul escalier descendait, très raide. Stefan hésita : les marches étaient hautes et métalliques, avec des sortes de rainures. Blandine s'était retournée :

— Tu n'as jamais vu d'escalier mécanique ?

— Non...

— Ça se déplaçait tout seul, en montant ou en descendant, mais cela fait des années qu'ils ne fonctionnent plus. En tout cas, c'était plus intelligent qu'un ascenseur ; un ascenseur en panne se transforme en piège ; un escalier mécanique en panne se transforme en escalier... ordinaire.

Ils descendirent.

Stefan découvrit un couloir sombre, éclairé par de faibles lampes éparses probablement alimentées par des dynamos. Sur les murs, il devinait des sortes de grands quadrilatères, avec des lambeaux de papier qui se décollaient, mais il ne parvenait pas à lire ce qui était écrit...

Ils arrivèrent dans un volume plus important, et les yeux de Stefan commençaient à s'accoutumer à la demi-obscurité. Il devina deux quais. Ils se trouvaient sur l'un deux, l'autre leur faisait face et au milieu passaient deux voies ferrées.

Blandine s'assit sur le banc collé au mur. Stefan fit de même. Il plissa les yeux ; en face, il réussit à lire, en lettres blanches sur un fond bleu : « Ju...Jussieu ».

— C'était quoi, « Jussieu » ?

— Le nom de la station. Tu sais, Stefan, le réseau de ce métro, c'était, avant le Grand Tournant, l'orgueil de la capitale. On disait que nulle part au monde n'existait un réseau de chemin de fer souterrain aussi dense et aussi performant.

Stefan regardait autour de lui.

— Pourquoi m'as-tu amené ici ?

Il aurait aimé s'entendre répondre : « Pour que l'on soit un peu tranquille tous les deux tous seuls », mais il sentait confusément que ce n'était pas la bonne réponse.

— Parce qu'ici, on est en sécurité, et que ces souterrains vont jouer un rôle important dans notre Révolution.

— Votre ... Révolution ?

— Stefan, ne fais pas l'étonné ; tu sais qui je suis, tu sais à quel groupe j'appartiens ; tu sais maintenant que les Dirigeants se vautrent dans un luxe dont le peuple n'a même pas idée ! Tu as vu comment, eux, ils se soignent, tandis que les pauvres médecins en dehors de l'Île n'ont pas de quoi traiter leurs malades. Tu sais maintenant que nos Dirigeants, pour maintenir le peuple en esclavage, lui vendent, et en toute connaissance de cause, un qât qui multiplie par dix le nombre de cancers. Alors, tu voudrais que nous tous, on continue à accepter tout ça sagement, sans rien faire ? Tu voudrais que je continue à accepter ce régime qui tue sciemment son propre peuple pour s'engraisser sur son dos ?

— J'ai bien réfléchi à tout ça, Blandine, mais...

— Mais quoi ?

— Mais ce n'est pas si simple. Tiens, admettons que vous... Que nous parvenions à renverser les Dirigeants, on sera bien obligé de continuer à fournir du qât aux gens, puisqu' ici on ne peut pas les désintoxiquer !

— On peut.

— Mais les spécialistes m'ont dit...

— Ils ont tort ; on peut se désintoxiquer du qât ; par contre, il est vrai que c'est difficile, et que c'est très long... plusieurs années... en réduisant très progressivement et très prudemment les doses...

— Bon... Mais comment vas-tu t'y prendre pour renverser les Dirigeants dans leur citadelle de l'Île ? Cela ressemble à une vraie place forte ; et à ma connaissance, les... résistants n'ont pas vraiment d'armée, ni d'armes lourdes... Alors qu'en face, d'après ce que j'ai pu voir...

— Nous avons le peuple.

— Le peuple ? Mais il est assommé par le qât, le peuple, et il n'a que des armes de poing et quelques couteaux !

— Le peuple sera avec nous quand l'heure viendra, tu verras.

— Je veux bien te croire, mais ce n'est pas facile, tu comprends ? Et puis, comment pénètres-tu dans l'Île ? Tu as vu la protection des ponts ? Et les canons-mitrailleuses automatiques ?

— C'est là que tu entres en scène.

— Hein ? Moi ?

— Oui, toi, Stefan.

Blandine sortit de sa poche un document cartonné ; elle le déplia précautionneusement ; la carte semblait avoir un âge certain.

— Tu vois ça ?

— Oui, qu'est-ce que c'est ? Une carte ?

— Un plan de métro.

— Ah ?

— Ces souterrains *sont* la solution. Regarde bien, là ; il y avait deux lignes du métro qui passaient sous le fleuve. La plus à l'ouest n'avait pas de station dans l'Île, mais une juste en face, sur la rive gauche du fleuve ; en fait, cette station possédait bien une sortie sur l'Île elle-même, juste devant la moscathédrale, mais cet accès a été dynamité. Par contre, l'autre ligne, celle de l'est, possédait, elle, une station en plein cœur de l'Île. Cette station s'appelait « Cité » ; et ces souterrains-là n'ont été ni dynamités ni murés ! Si l'on parvient à pénétrer par les deux tunnels du nord et du sud, on peut envahir l'Île en ressortant en plein milieu !

— Ce serait trop beau ! Et pourquoi diable ces souterrains-là n'ont-ils pas été murés ?

— Ils n'ont pas été murés.

— Non ? Comment le sais-tu ?

— Je sais. Je sais que l'on a conservé ces souterrains intacts, probablement au début parce que cela laissait une sorte de porte de sortie, une solution pratique pour fuir l'Île en cas de péril quelconque. Et ensuite parce que la persistance de ces tunnels arrangeait bien certains habitants de l'Île.

— Les arrangeait ? Pourquoi donc ?

— Stefan, tu vis à temps partiel sur l'Île. Certes, ces gens bénéficient d'un luxe inouï, mais les distractions sont vite limitées, non ?

— Je... je ne sais pas trop.

— Moi, je sais. Je sais que certains Dirigeants aiment bien de temps en temps, discrètement, utiliser ces passages pour aller... disons... s'encanailler dans les cabarets et les bordels de l'ouest de la capitale.

— Mais comment sais-tu tout ça ?

178

— Je sais.

— C'est Axel qui te l'a dit ?

Blandine pâlit un peu, mais se reprit vite.

— On t'a dit ?

— Oui, on m'a dit. Axel était ton... ton ... ?

— Nous nous aimions beaucoup.

— Mais on dit que c'est toi qui l'a dénoncé !

— C'est vrai.

— Hein ? Mais pourquoi, pourquoi, si vous... Vous vous...

— Pourquoi ? Blandine prit une grande inspiration. Pourquoi ? Parce qu'Axel avait été repéré, et il savait qu'il allait être arrêté. Alors, pour me protéger, il m'a demandé de le dénoncer, cela me mettait à l'abri et permettait de poursuivre la Mission...

Stefan bredouilla :

— Je... je suis... désolé...

— Stefan, tu peux finir ce qu'Axel avait commencé.

— Moi ? Mais comment ?

— En nous ouvrant les souterrains de la station Cité.

27

Stefan n'eut pas beaucoup de mal à trouver l'entrée de la station Cité, même si le nom avait disparu.

La balustrade qui entourait la descente, fraîchement et soigneusement repeinte en vert, était de ce style un peu « nouille » » que Stefan aimait bien. Pour une fois, le nom du style en question lui revint : « Art nouveau ». Ce n'était pas jeune... début du XXe siècle...

Il descendit prudemment l'escalier.

En bas, il tomba sur une sorte de barrière de curieux tourniquets, mais un passage était resté libre sur la droite. En face, deux ascenseurs ; l'état des portes ne laissait aucun espoir sur leurs chances de fonctionnements ; la rouille semblait avoir soudé les portes... Sur la droite, un large escalier en colimaçon semblait descendre dans les entrailles de l'Île. Stefan descendit avec précaution. Les murs étaient recouverts de grandes plaques de métal rivetées, peinte en... disons que cela avait dû être dans le genre gris-vert... dans le temps...

Arrivé au bas de l'escalier, Stefan se retrouva devant plusieurs couloirs. Tous étaient solidement murés, sauf un. Il emprunta donc le seul couloir libre, d'ailleurs bien éclairé. Les murs étaient ici étrangement revêtus d'un carrelage blanc, aux éléments rectangulaires biseautés sur les bords... Il retrouva aux murs ces grands quadrilatères encadrés de carreaux marrons, mais là, les grands cadres étaient désespérément vide. Il arriva dans une petite salle. Là, de nouveau plusieurs couloirs étaient murés. Au fond, une grosse grille de fer fermait le seul accès laissé ouvert. Deux hommes armés, assis, un vieux journal sur les genoux, le regardèrent arriver avec placidité. Leur uniforme rassura un peu Stefan ; il s'agissait de l'armée régulière, et pas de Pasdarans-sécurité ; plus facile à gérer...

Le plus gradé des deux soldats, un lieutenant, s'était levé.

— Vous voulez, Monsieur ?

— Docteur Kemansky, voilà ma carte ...

L'officier examina attentivement le document tendu. La carte de résident de l'Île ne portait pas la mention de « mixte », ce qui en l'occurrence arrangeait bien Stefan.

— D'accord, Docteur, et alors ? Vous faites du tourisme ou vous êtes perdu ?

— On m'a dit que je pourrai sortir discrètement de l'Île par les souterrains de l'ancien métro.

L'autre pris un air surpris

— Qui vous a dit ça ? C'est formellement interdit ! Nous sommes justement ici pour empêcher quiconque d'utiliser ces anciens passages !

— Je sais, mais on m'a aussi dit que l'on pourrait acheter des tickets spéciaux permettant, à titre exceptionnel de... passer...

Le regard de l'officier changea un peu. Il plissa l'œil droit

— Des tickets spéciaux ? qui vous a raconté ça ?

— Mes amis et moi souhaiterions rester discrets...

Notre... hiérarchie pourrait ne pas apprécier les endroits où nous voulons nous rendre...

— Je vois... Et ces tickets coûteraient combien, d'après vous ?

Stefan ne répondit pas, mais tira de sa poche dix billets de cent dolos qu'il présenta en éventail.

L'officier sourit et fit un clin d'œil à son comparse.

— Apparemment, il est bien renseigné, le docteur... Bien entendu, vous savez aussi, qu'en cas de problème, on ne vous a jamais vus !

— Cela va de soi !

— Vous voulez y aller quand ?

— Mais, maintenant !

— Bien, on paie d'avance...

Stefan tendit les dix gros billets.

L'officier les empocha prestement, puis se dirigea vers la grille.

— Je vais vous expliquer, c'est tout simple. Vous suivez le seul couloir éclairé, vous ne pouvez pas vous perdre. Vous arrivez sur les quais. Là, il faut descendre sur les voies ; là aussi, c'est éclairé, pas beaucoup mais suffisamment. Vous allez vers le nord ou vers le sud ?

Stefan fut pris un peu au dépourvu. Il fallait répondre vite.

— Vers le sud.

L'officier sourit ;

— Vous avez raison ! Monsieur est connaisseur ! Si je peux me permettre, je vous conseille le « Paradis bleu », mais il est un peu loin. Il faut prendre le tramobus 25. Par contre, « le Repère des anges » est à deux cents mètres de la sortie, plein ouest, et les filles y sont sublimes.

Il sortit une énorme clef qui pendait à son ceinturon et ouvrit la grille. Stefan fut un peu surpris : pour un endroit aussi sensible, il s'attendait à une ouverture plus sophistiquée ; reconnaissance des empreintes digitales, ou de l'iris... Cela voulait probablement dire que les Dirigeants ne s'inquiétaient pas trop d'un risque quelconque qui pourrait venir de ce côté.

L'officier continuait :

— Donc vers le sud, après deux cents mètres le long des voies, vous arrivez à la station Saint-Michel. Là vous suivez toujours le seul chemin éclairé. Il y a un escalier mécanique, mais qui ne fonctionne plus. Vous montez. La sortie est murée, sauf au niveau d'une petite porte métallique qui ne peut s'ouvrir que de l'intérieur : vous appuyez sur la barre horizontale et vous sortez. Vous débouchez dans une sorte d'arrière-boutique désaffectée. Vous sortez discrètement et vous vaquez à vos affaires...

— Et pour revenir ?

— Pour revenir, vous trouverez un gros bouton noir à deux mètres à droite de la petite porte métallique, vous sonnez et on vous ouvre d'ici.

— Mais comment saurez-vous que c'est moi ?

— Nous avons deux caméras vidéos qui contrôlent la porte, et celles-là ne sont jamais en panne, je vous promets. Luigi ou moi on vous reconnaîtra. Mais revenez avant minuit ! On y va ?

La lourde grille tourna sur ses gonds. Stefan s'engouffra.

28

Au plus profond du réseau souterrain, quelque part vers le sud de la capitale, l'antique wagon de métro, immobilisé depuis des lunes, avait été transformé. A l'intérieur, des sièges spartiates s'alignaient tout autour d'une grande table centrale.

Ils étaient neuf autour de la table ; six hommes et trois femmes.

C'était la première fois que le Conseil des résistants se réunissait physiquement au grand complet, tordant le cou à ses habitudes proverbiales de prudence. Mais la Date approchait, et les décisions à prendre étaient d'importance.

Le grand vieillard mince aux longs cheveux blancs qui se tenait en bout de table ouvrit la séance de façon un peu solennelle.

« Mes frères, nous sommes ici pour confirmer ou non l'assaut. Inutile de vous rappeler que nous n'aurons droit qu'à une seule tentative ; nous n'aurons pas de seconde chance ».

Il se tourna vers Blandine, l'une des trois femmes du Conseil.

— Blandine, ton nouveau cheval de Troie est-il prêt ? Et surtout, est-il fiable ?

Blandine se leva :

— Stefan Kemansky n'est pas Axel, mais j'en réponds.

A la droite du noble vieillard du bout de la table, l'homme qui prit la parole paraissait difficilement inaperçu ; debout, il devait avoisiner les deux mètres et ses muscles saillaient sous le treillis militaire.

Le visage massif était encadré d'une courte barbe noire, qui dissimulait -mal- une large balafre de la joue gauche. Viktor était le bras armé des résistants, le chef des opérations. Ses troupes étaient peu nombreuses mais bien entraînées et efficaces. On avait pu en juger lors de la pulvérisation du camion de qât devant chez Hugo.

— Ton Stefan, tu en es si sûre que ça ?

Blandine se tourna vers Viktor, le visage sévère.

— Ce n'est pas « mon » Stefan, Viktor, c'est le docteur Stefan Kemansky.

— Si tu veux, mais c'est quand même toi qui nous l'a amené.

— Il nous fallait une nouvelle clef fiable pour pénétrer dans l'Île après la disparition d'Axel, et les mixtes de ce genre ne courent pas les rues...

— Et elle fonctionne, ta clef ?

Le vieil homme du bout de table leva la main droite pour tenter d'apaiser les esprits.

— Viktor, notre sœur Blandine mérite plus d'égards...

L'interpellé croisa les bras et se tut, l'air renfrogné.

Blandine reprenait :

— Viktor a raison de poser la question ; oui, la « clef Stefan » fonctionne. Il a réussi sans problème à amadouer les gardes de la station Cité et il est déjà sorti et revenu trois fois par les souterrains sans le moindre problème...

Le vieil homme reprit la parole.

— Blandine, si j'ai bien compris, Stefan... pardon, le docteur Kemansky, ne sait pas... tout...?

— C'est exact.

Le vieil homme continuait :

— Il sait qu'il doit nous ouvrir les portes de l'Île, mais a-t-il une idée de ce qui va se passer après ?

Blandine hésita une seconde.

— Difficile à dire. Il se doute probablement de quelque chose ; n'oublions pas qu'il a été à deux doigts de sauter avec le dernier camion de qât...

— Je pose la question autrement, Blandine. Si Stef... Si le docteur Kemansky savait exactement ce qui est prévu après l'ouverture des souterrains, est-ce qu'il nous ouvrirait ?

Blandine paraissait partagée.

— Je... crois qu'il nous ouvrirait... Mais je n'en suis pas absolument certaine.

— Ah bon ; tu n'es pas certaine de tes charmes ?

Là, c'était Viktor. Il se fit rappeler à l'ordre par le vieil homme.

— Viktor !

Les autres restèrent muets, ne serait-ce que parce que la plupart d'entre eux savaient très bien que le géant était depuis des années l'amoureux éconduit de Blandine... et... qu'il le prenait de plus en plus mal.

A la gauche du vieil homme aux cheveux blancs, un personnage rondouillard, sans âge et au chef dégarni avait pris la parole.

— Résumons-nous ; nous pouvons être confiants pour l'ouverture des portes des souterrains par le docteur Kemansky, mais cela tant que ce dernier n'est pas au courant de ce que nous comptons faire exactement par la suite. Cela ne remet aucunement en question l'Opération, mais cela nécessite un minutage particulièrement rigoureux. Jusqu'à ce qu'il nous ouvre l'accès, le docteur Kemansky doit croire que nous allons seulement envahir l'Île avec nos troupes...

Viktor ricana.

— Il faudrait être un peu débile pour croire ça ! Même en infiltrant toute ma phalange, je ne donne pas deux heures avant que nous ne soyons réduits en bouillie...

Le personnage rondouillard se tourna vers Viktor :

— Si mes informations sont exactes, le docteur Kemansky ne sait pas grand-chose sur nous : il peut parfaitement imaginer que nous sommes plus nombreux et mieux armés que nous ne sommes... Ton avis, Blandine ?

— Il est vrai que je ne lui ai pas donné beaucoup de détails là-dessus. Je crois qu'il nous voit investir l'Île pour prendre le pouvoir, c'est tout.

Le vieil homme reprit la parole :

— Et bien, il est capital qu'il continue à croire ça jusqu'à ce qu'il nous ouvre les portes ! Une fois cette ouverture sécurisée par Viktor et sa phalange, nous pourrons lancer l'Opération....

29

Ficelés comme de vulgaires saucissons, les deux gardes gisaient à terre, inconscients.

Stefan se dit que cela avait été encore plus facile qu'il ne l'avait imaginé.

Les deux gardes l'avaient accueilli à bras ouverts. Pas très étonnant puisqu'à chaque voyage à travers le souterrain, Stefan leur laissait à chacun l'équivalent de deux fois leur salaire du mois !

Une giclée de gaz incapacitant, puis deux piqûres de tranquillisants à des doses susceptibles d'endormir un hippopotame, les avaient rapidement neutralisés.

Stefan fouilla l'officier, et s'empara de la grande clef. Il prit soin de fermer l'accès à la salle où il se trouvait, et de bloquer la porte de l'intérieur. Pas question de se laisser surprendre. Mais il était six heures du matin, et la relève, il le savait, n'arriverait que dans douze heures. Il avait le temps...

Il ouvrit la lourde grille donnant accès au souterrain, et bloqua soigneusement une chaise pour la laisser entrouverte. Il courut vers le tunnel. Il arriva hors d'haleine à la station Saint-Michel, suivit le chemin habituel et se retrouva devant la petite porte métallique de sortie. Il appuya précautionneusement sur la barre et ouvrit doucement. Il pénétra dans l'espèce d'arrière-boutique qui cachait l'accès de l'extérieur. Personne, comme d'habitude.

Il s'avança vers la sortie.

— Vous êtes Stefan ?

Stefan faillit pousser un cri. Il se retourna d'un bloc, cherchant maladroitement son arme à sa ceinture.

L'adolescent pouvait avoir dix-sept, dix-huit ans. Il était mince, de taille moyenne et de lourdes boucles brunes retombaient sur ses épaules. Il ne semblait pas agressif et ne paraissait pas armé. Stefan laissa retomber sa main droite.

— Et toi, tu es qui ?

— Je m'appelle Rainer ; c'est Blandine qui m'envoie...

— Comment peux-tu être certain que je suis Stefan ?

Rainer sourit :

— Blandine vous a très bien décrit, vous savez... Et puis il n'y a personne d'autre d'attendu à cet endroit et à cette heure-là. Vous venez ?

Stefan suivit Rainer. Les rues étaient quasi désertes à cette heure. L'adolescent le mena à une petite impasse où stationnait un gros camion de livraison hors d'âge.

Rainer examina soigneusement les alentours.

— On peut y aller : venez !

Ils firent le tour du camion, dont l'arrière s'ouvrait prudemment vers le fond - désert - de l'impasse. Rainer ouvrit une des deux portes.

— Montez !

Stefan s'exécuta. L'intérieur était sombre. La porte se referma. Stefan se retrouva deux secondes dans le noir complet, puis la lumière l'éblouit.

Clignant des yeux, il reconnut Blandine, curieusement vêtue d'une sorte de treillis moulant. Il pensa : « Elle est de plus en plus belle », tout en mesurant le caractère déplacé de sa réflexion. Autour de Blandine, une douzaine d'hommes en armes. L'un deux était une sorte de géant peu sympathique à barbe noire, qui portait un fusil d'assaut dernier modèle, deux revolvers à la ceinture et un coutelas dans une gaine de cuir à son mollet droit.

Blandine fit un pas vers Stefan en lui tendant les bras, avec un sourire :

— Tu as réussi !

— Tu en doutais ?

— Moi, non, mais... Elle fit un signe de tête vers ses acolytes.

— Et je fais quoi, maintenant, moi ?

— Tu rentres chez toi, enfin ton « chez toi » d'ici, le plus vite possible, et tu te barricades. Tu n'ouvres que lorsque nous viendrons te chercher. Le code est : trois coups longs, deux courts, trois longs, quatre courts ; tu répètes ?

— Mais je veux aller avec toi... avec vous...

— Pas question ; tu n'es pas formé pour ça, et tu as déjà fait beaucoup, beaucoup plus que la plupart d'entre nous. Tu répètes le code ?

— Euh... trois longs, deux courts, trois longs et... quatre courts, c'est ça ?

— Très bien, vas-y maintenant.

— Mais toi ?

Blandine sourit.

— Ne t'inquiète pas ; je ne risque rien ; j'ai mes gardes du corps ! fit-elle en souriant et en ébouriffant les boucles brunes de Rainer.

On ouvrit la porte du camion à Stefan. Il descendit, ne sachant plus trop quoi penser. Il fit trois pas.

— Stefan !

C'était Blandine.

Elle était sortie du camion et courait vers lui. Elle lui prit le visage à deux mains et écrasa ses lèvres sur les siennes. Cela dura encore plus longtemps que le baiser de la synagogue.

Tenant toujours le visage de Stefan, Blandine se recula un peu en souriant ;

— Tu m'attends ? Promis ?

Stefan bredouilla ;

— Oui... je t'attends ... promis ! Je t'...

— Tu quoi ?

— Rien... Plus tard...

30

Stefan aurait pu prendre plein sud pour regagner son minuscule appartement près de l'hôpital général, mais il pensa que rien ne l'appelait là-bas en urgence.

Il décida de faire un détour, gagna les quais du fleuve et se dirigea vers l'ouest, longeant la rive gauche. Il avait toujours aimé cette promenade. Oh certes, les immeubles du bord du fleuve avaient bien souffert des outrages du temps, mais ils gardaient quand même quelques traces de leur splendeur d'antan...

Les bouquinistes commençaient à ouvrir leurs grandes boîtes vertes solidement fixées sur le mur séparant la rue du quai, en contrebas. Stefan sourit : le nom de « bouquinistes » leur étaient curieusement resté, alors qu'ils ne vendaient plus aucun « bouquin » depuis le Grand Tournant... Maintenant, les grandes boîtes vertes débordaient de bimbeloterie de bas étage et de pacotille bon marché, et même parfois de fruits et légumes !

Il pensa à Blandine ; il s'en voulait ; il n'avait même pas été capable de lui dire « Je t'aime » ! Et pourtant, cela lui avait brûlé les lèvres. Quand il la reverrait, il... Une mauvaise pensée lui traversa l'esprit ; et si cela se passait mal ?... Et si elle ne... Il se secoua. Non, elle avait l'air de savoir ce qu'elle faisait : tout allait bien se passer... Mais *qu'est-ce* qui allait se passer ?

Il continua un peu ; il arrivait vers la gare centrale ; le grand bâtiment le long du fleuve avait vécu plusieurs vies. C'était bien une gare initialement, plus d'un siècle auparavant, mais elle avait été désaffectée et transformée en... musée !
Par contre, ledit musée n'avait pas survécu au Grand Tournant. Pour certains, c'était parce que les œuvres présentés ne satisfaisaient pas aux exigences des nouvelles règles morales imposées en matière artistique. Pour d'autres, c'était parce qu'une gare aussi idéalement située permettait d'acheminer le qât en plein centre ville en faisant l'économie de dizaines de camions-livreurs embouteillant la ville. Stefan avait toujours pensé qu'il s'agissait le plus probablement de la combinaison des deux.

L'image de Blandine ne le quittait pas ; il réalisa qu'il était là, se promenant tranquillement, alors qu'elle était partie affronter les Dirigeants : mais quel genre de chevalier-servant faisait-il ? Pourquoi n'était-il pas resté avec elle ? C'est vrai qu'elle lui avait imposé de partir, mais il aurait peut-être pu insister davantage ...

Il était revenu sur ses pas et se trouvait sur la grande passerelle de fer rouillée qui enjambait le fleuve juste à l'ouest de l'Île, quand il entendit les premières explosions.

Elles ne venaient pas de l'Île, mais semblaient lointaines. Certaines furent si fortes qu'elles firent vibrer les vitres, même à cette distance. Il en compta au moins une bonne trentaine ; elles semblaient venir tout aussi bien du sud que du nord, de l'est comme de l'ouest. Stefan se figea.

Bientôt s'élevèrent au loin, en couronne autour de la capitale, d'épais panaches de fumée noire. Les gens, alertés ou réveillés par les déflagrations, commençaient à descendre en masse dans les rues. Stefan s'interrogea ; le diable s'il comprenait ce qui se passait ! Encore des attentats, comme celui qu'il avait vécu il n'y avait pas si longtemps ? Le mot de Blandine lui revint à l'esprit : « C'est une répétition ». Alors c'était quoi, ça, maintenant ? La générale ?

La foule grossissait dans les rues et les gens commençaient à courir dans tous les sens. Au nord, il semblait maintenant qu'un gigantesque brasier encerclait la colline de la synagogue. Au sud et à l'ouest, les panaches de fumée noire semblaient prendre de plus en plus de volume.

Et puis, soudain, l'incroyable nouvelle se propagea comme une traînée de poudre : « Les résistants ont fait sauter les camions de qât ! », « Le qât n'arrive plus ! » ... « Il n'y a plus de qât ! ».

Stefan ne réalisait toujours pas, ou ne voulait pas réaliser. Il bloqua le bras d'un policier du qât, qui courait vers le fleuve ; « Et les trains ? Les trains de qât sont passés, eux ? ». L'autre se dégagea brutalement. « Non !

Les résistants ont fait sauter les voies. Tous les trains sont bloqués à cent kilomètres de la capitale ! Et tous les camions ont sauté ! Seuls trois au quatre ont pu passer ! »...

Stefan commençait très vaguement à comprendre ; les résistants avaient bloqué tout l'approvisionnement en qât de la capitale. Il frémit : cela signifiait que dans quelques heures, cinq millions de personnes allaient se retrouver en état de manque ! Égoïstement, il pensa à sa boule de qât fraîche qu'il avait récupérée ce matin aux aurores dans l'Île, avant de partir ; il était couvert pour à peu près vingt-quatre heures... mais après ?

La foule devenait de plus en plus compacte et hystérique. Un mot d'ordre, surgit d'où on ne sait où, se mit alors à circuler : « l'Île ! Il y a du qât dans l'Île ! Les Dirigeants ont du qât ! Tous à l'Île ! ».

Stefan crut halluciner ; il s'était avancé au milieu de la grande passerelle de fer. Il faisait face à la pointe ouest de l'Île. Avec ses hautes murailles d'acier, elle ressemblait, vue d'ici, à la proue d'un gigantesque cuirassé... La comparaison devint rapidement plus vraie que nature.

En quelques minutes, une foule déchaînée, hommes, femmes, enfants, vieillards, s'étaient ruée vers l'Île, aux cris de « Du qât ! Donnez-nous du qât ! ». Certains n'étaient encore que paniqués à la simple idée du manque qui allait immanquablement s'installer, mais d'autres, eux, étaient déjà en début de manque : ceux-là, on les repérait facilement à leur air hagard, à leurs yeux exorbités qui ne voyaient déjà plus qu'une réalité déformée, à leur vitesse de déplacement très supérieure à la normale et à l'effroyable violence du moindre de leurs gestes.

Stefan en vit arriver un, qui attrapait les pauvres gens sur la passerelle et les jetaient à l'eau par-dessus la balustrade comme s'ils n'étaient que des pantins de chiffon. Il n'hésita pas : deux balles en pleine tête stoppèrent net le forcené.

Stefan regarda vers l'Île ; la situation devenait surréaliste ; de là où il était, il vit la foule s'engager en masse sur les ponts au nord et au sud de l'Île, et aller s'écraser sur les lourdes portes blindées qui bloquaient l'accès au secteur protégé. Sur les quais, il vit les gens s'emparer de tout ce qui pouvait flotter ; bateaux, barques, esquifs improvisés, et ramer comme des fous vers les murailles d'acier. Ceux qui ne trouvaient pas à monter dans un quelconque objet flottant, se jetaient à l'eau et nageaient désespérément vers l'Île. Beaucoup, ne sachant même pas nager, coulaient à pic. Au bas des murailles d'acier, il vit des grappes humaines sortir de l'eau et s'agglutiner, montant les uns sur les autres, en tentant désespérément d'escalader à mains nues les parois lisses comme du verre.

Alors les murailles se mirent à cracher le feu ; les mitrailleuses automatiques, les lance-flammes et les canons de défense du secteur protégé étaient entré en action. Les tirs laissaient d'énormes trouées sanglantes dans les masses sans cesse renouvelées qui continuaient à se ruer vers ce qu'ils considéraient comme leur seule chance de survie ; les réserves de qât des Dirigeants ! Même transformés en torches humaines, certains, comme insensibles à toute douleur, continuaient à tenter d'escalader les murailles.

Et puis un nouveau mot d'ordre monta de la foule ;
« Le souterrain ! Le tunnel du métro a été ré-ouvert ! Il
débouche dans l'Île ! Tous au souterrain ! ».

Et Stefan comprit enfin... Comment avait-il pu être
aussi stupide ? Comment avait-il pu être aussi aveugle ?
Les résistants n'avaient jamais eu les moyens d'investir
l'Île par la force ; alors ils avaient imaginé cette horrible
solution ; retourner l'arme du qât contre ses propres in-
venteurs !

En bloquant les approvisionnements de qât, les résistants avaient lancé cinq millions de zombies en état de
manque à l'assaut de la forteresse de métal où se barri-
cadaient les Dirigeants ; une armée horrifique qui ne
ressentait ni la peur, ni la douleur, une armée de cauchemar, que rien ni personne ne pouvait arrêter ! Et
c'était lui, Stefan, qui avait ouvert à cette armée de
pauvres gens décérébrés les souterrains qui menaient
au cœur même de l'Île... Quel fou, quel triste idiot il
avait été !

Avec les pires difficultés, Stefan se fraya un chemin
pour retourner à l'entrée du tunnel. Mais il ne put ap-
procher : sur plus de deux ou trois cents mètres, la foule
s'écrasait, les plus forts écrasant et piétinant les plus
faibles, pour tenter de pénétrer dans le souterrain.

Maintenant, presque tous étaient en début de
manque, et les gens commençaient à s'entretuer. Stefan
rebroussa chemin. Aller se barricader chez lui... Blandine lui avait fait promettre... Elle allait venir après.
Après quoi ? Mais qu'avait-il fait, par le Dieu des trois
religions du Livre ? Qu'avait-il fait ?

Quand il arriva chez lui, Stefan n'avait presque plus de munitions. Heureusement qu'il avait pris plusieurs chargeurs en sortant de l'Île. Il n'avait pas eu le choix, c'était lui ou ces pauvres hères déchaînés rendus fous furieux et aux visages déformés par le rictus du manque de qât.

Il rejoignit son appartement et tira tous les verrous.

31

Trois coups longs, deux coups courts, trois coups longs, quatre coups courts...

Stefan avait bondi vers la porte. C'était bien le code ! Sa main tremblait un peu en manipulant les verrous.

Enfin, il réussit à ouvrir la porte.

Blandine était là ; elle lui souriait. Elle portait toujours cette sorte de treillis moulant avec un pistolet à la ceinture. Son visage était maculé de sang.

— Blandine ! tu es blessée !

— Non... ne t'inquiète pas... Ce n'est pas... du sang à moi... Dis, tu me laisses sur le palier ou tu acceptes de me faire entrer dans ton coffre-fort ? J'ai cru que tu n'en finirais jamais d'ouvrir toutes tes serrures !

— Excuse-moi, entre !

Il referma soigneusement la porte derrière elle, et tira de nouveau tous les verrous. Il se retourna :

— Blandine, j'étais si inquiet ! Tu vas bien ?

— Je vais d'autant mieux que nous avons réussi, Stefan, et grâce à toi !

Stefan se fendit d'un pauvre sourire.

—... Je n'ai vraiment pas fait grand-chose ; j'ai juste ouvert quelques portes...

— Oui, mais quelles portes ! Des portes qui nous ont permis de pénétrer dans l'Île !...

Stefan fronça les sourcils.

— Avec tous ces pauvres gens en manque de qât qui ont dû se faire massacrer par milliers...

— Stefan ! On n'avait pas le choix. Crois-moi, il n'y avait pas d'autres solutions. Nous n'avions pas les moyens de prendre l'Île d'assaut avec nos seules forces. Et puis, tu sais, on a réussi à limiter les dégâts.

— A limiter les dégâts ? Comment ?

— Les Dirigeants ont vite compris que, même avec leur garnison et leurs armes sophistiquées, ils seraient incapables d'arrêter cette marée humaine.

— Alors ?

— Alors la plupart des Dirigeants ont sauté dans leurs hélicostationneurs et ont pris la poudre d'escampette. On les retrouvera bien un jour... Quant aux autres, ceux qui n'ont pas pu s'envoler...

— Les autres ?

— Apparemment ils ont fait les frais de l'assaut ...

— Et tous ces gens en manque ?

— On avait tout prévu, Stefan. En fait, nous n'avions pas fait sauter tous les camions et tous les trains ; une bonne moitié était simplement bloquée en rase campagne. Nous avons pu reprendre une distribution partielle et prudente de qât, en commençant déjà à réduire un peu les doses. Tout va rentrer dans l'ordre progressivement maintenant ; nous allons commencer doucement à désintoxiquer les gens, et toi par la même occasion, et nous allons pouvoir inventer un monde meilleur. Un monde où tu auras ta place, ta place... Avec moi, si tu le veux bien, dit-elle avec un petit sourire.

Stefan balbutia.
— Si je veux ? Bien sûr que je... je veux !

Blandine regardait autour d'elle :
— Tu sais, après ça, je prendrais bien une douche ; tu en as une qui fonctionne ici ?
— Avec l'eau de la ville, sûrement pas, mais cela marche avec ma réserve ; mais l'eau va être froide...
— Pas de problème !
Avec un naturel confondant, Blandine se débarrassa de tous ses vêtements en un tournemain.

Stefan était proprement tétanisé. Blandine parut s'en amuser ;
— Qu'est-ce qu'il y a ? Tu es déçu ?
—Oh non ! Vraiment... non ! Tu es... tu es magnifique !
— Tu viens prendre la douche avec moi ?
— Je... Si tu veux.
Stefan avait tourné au cramoisi.
— Je veux ! Allez, Docteur Kemansky, laissez un peu votre pudeur de côté ; déshabillez-vous et venez me savonner !

Le cœur de Stefan cognait dur dans sa poitrine. Il rejoignit Blandine sous la douche. Elle lui tournait le dos. Il posa délicatement la main sur son épaule. Elle se retourna en souriant.
— Tu cherches les ganglions ? Ils ont disparu... complètement... Je te dois ça aussi, Stefan ! Tu m'aides à me savonner ?

Les opérations de savonnage respectif furent en fait d'une durée limitée ; ils passèrent rapidement, serrés l'un contre l'autre dans l'étroit réduit, à des activités plus sérieuses. Celles-ci furent interrompues par un grand éclat de rire de Blandine quand l'eau cessa brusquement de couler. Stefan marmonna qu'ils avaient dû venir à bout de sa réserve...

Nus et trempés, ils se retrouvèrent sur le lit. Stefan eut l'impression que leurs étreintes duraient des heures ; jamais il n'avait aimé comme cela, et Blandine ne se lassait pas plus que lui.

Finalement, hors d'haleine, ils se retrouvèrent tous les deux sur le dos, dans le grand lit aux allures de champ de bataille. Stefan écarta son bras droit, et Blandine vint se lover contre son épaule. Stefan se sentit glisser vers le néant.

Il souriait.

Rainer dut vider la moitié de son chargeur pour faire sauter les verrous de la porte de Stefan. Blandine lui avait bien recommandé de ne pas donner dans le détail, au cas où personne ne répondrait. Il ouvrit la porte d'un coup de pied et pénétra dans la pièce avec précaution, son arme pointée.

Stefan était là, sur le lit, allongé sur le dos.

Depuis la mort de sa mère dans les geôles des Pasdarans, Rainer avait bien mûri... En tout cas suffisamment pour être capable, au premier coup d'œil, de faire la différence entre un homme en vie et un homme mort. Et puis, au cas où il l'aurait oubliée, cette différence, les milliers de cadavres qu'il avait laissés dans l'Île et la bonne douzaine qu'il avait dû enjamber en montant l'escalier, lui auraient rafraîchi la mémoire...

Doucement, il toucha le front de Stefan ; il était froid...

Il regarda à terre ; une bonne vingtaine de sachets vides de qât lyophilisé gisaient en vrac ; de quoi tuer un bœuf ! Sur la table, un peu plus loin, une boîte de cinq comprimés de Tramazine... vide.

Rainer se dit que Stefan n'avait rien laissé au hasard ; avec de telles doses, il n'avait aucune chance de se rater...

Rainer revint vers le corps allongé sur le lit.

Stefan, le bras droit curieusement écarté du corps, les grands yeux ouverts, semblait regarder quelque chose, au-delà du plafond.

Et il souriait...

www.ingramcontent.com/pod-product-compliance
Lightning Source LLC
Chambersburg PA
CBHW051136020726
47501CB00005B/1528

* 9 7 8 2 9 1 6 8 3 0 0 0 1 *